I Make a Living by Writing Webnovels

我的職業是
網路小說家

웹소설 써서 먹고 삽니다

웃기는 작가 빵무늬의 돈 되는 작법 수업

鄭穆尼 —— 著　林珮緒 —— 譯
정무늬

韓國人氣作家的
致富寫作教室

To

這本書為**你**而寫。

雖然想成為網路小說家,卻又不知從何開始,
而感到茫然無措的你。

只寫了一章,卻在刪除與重寫中無限輪迴的你。

有多渴望將作品寫好,就有多害怕把作品搞砸的你。

這是我為了與我過去十分相似的你,所寫下的書。

我想要與你分享,我在經歷各種跌跌撞撞的過程之後,
比你早一些知道的事情。

我想告訴你:「你也可以做到,讓我們一起開始吧!」

我希望你眼前空白的電腦畫面,可以充滿著無數的故事。

希望你一邊寫著你喜歡的故事,一邊走在美麗的花路上。

要不要去一趟將夢想變成現實的旅行呢?

作者的話

每個家庭都會有個讓父母傷透腦筋的孩子吧？我家的麻煩精正是我。

三十多歲了還不結婚的不孝女，為了寫作足不出戶的臭小孩，不去找份正職工作的寄生蟲。上述內容就是以成為作家為目標的我，過去十年間在社會上的處境。

開始寫網路小說以前是如此。

我想不會有人不知道，近幾年網路小說有多流行吧？網路小說是每年以數百億韓元持續成長的市場，以及作為新興市場的事實，這我就不再多提了。

不論是寫電視劇劇本的Ａ，鑽研純文學的Ｂ，或是以畫網路漫畫為目標的Ｃ，還是出版社編輯的Ｄ，大家都爭先恐後要寫網路小說。我也曾經是決心成為文壇明日之星，忙著寫短篇小說的文學青年。（聽說現在還是有很多像我這樣的文學青年）

你問我為什麼開始寫網路小說？**當然是為了賺錢呀！**大家不是都說，只要寫了網路小說，收入就是一億韓元起跳嗎？不是還說我寫的作品，可以改編成網路漫畫或電視劇嗎？因為不用再為了找打工，而在便利商店東張西望，也不會再被父母怒視的眼神射殺，還可以當職業作家養活

自己，所以我才開始寫網路小說。現在想想，那時的我還真是有勇無謀呢。

連一章網路小說都沒看過的人，卻跑去當網路小說家，你就知道我走過了多少冤枉路。用「無知者無畏」這句話來形容我，簡直再適合不過。

至少在我剛開始寫網路小說的那時候，網路小說教學書真的不好找。此外，有「搞笑作家麵包穆尼（웃기는 작가 빵무늬）」之類的YouTube教學影片嗎？當然沒有。

連載、簽約出版、提高點擊率，以及在公開徵稿大賽中獲獎等方法……我那時很好奇**職業作家的實戰經驗、訣竅**，卻無處可學。還因為這樣煩悶到火冒三丈。因為我總覺得只要自己開始寫，就一定能寫出席捲網路小說界的名作，但卻不知道該從何下手，才會氣成這樣。

對初學者，以及以此作為目標的人來說，可以接觸到的資訊實在是非常有限，雖然這點不論在何種領域都是一樣的。到最後我只能知道現任作家所使用的用語很神祕，在網路上也搜索不到「如何成為網路小說家」的核心資訊。

我會開啟YouTube頻道也是因為這個原因。我想給那些目標成為網路小說家，但卻不知從何開始而感到茫然的人一些幫助，如同我以前從作家前輩們那裡得到幫助。

我上傳網路小說的教學影片到YouTube頻道後，收到許多向我表達感謝的訊息。也有些作家跟我說，他們因為看了我的YouTube影片而成功簽約，還有很多作家說自己在低潮時，從我的影片中得到正能量。更令我感到驚訝的事

情是，有觀眾稱呼我為老師（！）呢！

聽到別人感謝我來到這個世界時，淚水總在眼眶裡不停打轉。儘管每次聽到這種對我厚愛的讚美，我還是會覺得不好意思，但每當這種時候，我就有一種自己總算脫離狹小的房間，並與世界接軌的心情。

雖然我是在2020年以新春文藝獎進入文壇，其後持續在創作純文學作品，但真正改變我人生的是網路小說。儘管這聽起來好像不太好，卻是事實。

最重要的是，**每個月都有版稅進帳！**有時候我會被龐大的版稅收入嚇一大跳，有時候則會咬著手指，擔心繳不出這個月的電費。

總之，就是**靠寫作賺錢養活自己**。在我決心成為職業作家，並努力了十三年後，我終於實現了當作家的夢想。

老實說，我不是知名作家。雖然有幾次在公開徵稿的活動中獲獎的紀錄，也有三部作品已經或正在改編成網路漫畫，還有作品登上KAKAO PAGE「等待即免費」的專區，以及在NAVER SERIES達到三百萬次的下載量。但以我的標準來說，這跟名作家還差得太遠。（由此可知，我是個野心很大的女人）

也許正是如此，我的意見才可以符合那些想要挑戰創作網路小說的「一般人」，所預設的水準。

我想說的故事，是關於一個雖然沒有運氣和卓越才能的人，但她始終不放棄並堅持寫作。

如果這本書能讓你產生「這種作家也能靠文字吃飯，

那我應該也做得到吧？」的想法，那我會非常開心。

「是的，你也做得到！我就做到了呀！」

當然，成為網路小說家並不輕鬆，靠文字吃飯來養活自己更是件困難的事。不過，網路小說界有非常多職業作家，賺進數十億韓元的作家大有人在，往後也會有更多這樣的作家。**現在正在看這本書的你，也可能成為其中一員！**

這本書並非正確答案，只是我從過往十幾年積累下來的煩惱中，所摸索出來的幾項技巧而已。所以，讓我們一起來挑戰看看吧！

「如果能靠網路小說每個月賺進一百萬韓元就好了！」

不要把自己侷限於這麼小的目標，**想像一個會讓心臟蹦蹦跳的夢想吧！**跑車、漢江美景、高樓大廈的主人等，什麼都好，雖然不容易，但也不是完全不可能。

別擔心偶爾會因為結果不佳而失望，每到那時，我都會拍拍你的背，給你勇氣告訴自己這沒什麼，給你重新開始的力量。

一起堅持下去，一起實現夢想。希望我們可以培養一段深厚的情誼。

2021年 暖春
鄭穆尼

目次

新手作家的專屬指南 🔍

　　我選了以網路小說家為目標的人，最好奇的十道問題。以下內容讓你一眼就能輕鬆看到必須了解的核心資訊。想要快速了解網路小說家的出道方法，或是看完整本書後想把重要內容整理出來的話，請參考以下指南。

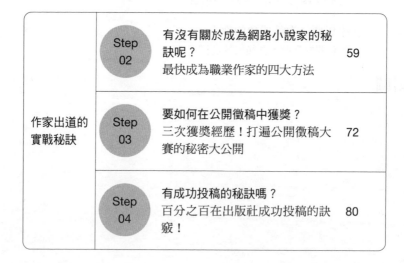

第一章

今天馬上成為網路小說家

想要成為網路小說家並不難，
但如果在毫無準備的狀況下奮力向前衝，
很有可能會失敗。
請慢慢跟上來，
讓我告訴你必知的資訊。

01

網路小說和一般小說有什麼不同呢？

想靠這行吃飯，就必須記住的網路小說特性

　　教學書總是讓人讀到一半而深感不滿，從第一章開始，便洋洋灑灑寫滿一堆讓人無法產生共鳴的字句。網路小說是何時出現、如何發展、市場規模如何、未來展望等內容，我一點也不想知道！

　　「讓點擊次數爆表的網路小說寫作技巧！」我雖然想馬上將此核心資訊告訴你，但先讓我們暫時冷靜一下吧！因為可能會有人認為：「管他是網路小說還是一般小說，不也都差不多嗎？能有多不一樣呢？」

　　先從結論說起，以上兩者完全不一樣！若想成為職業網路小說家，理解網路小說的讀者，並不是你的「一項選擇」，而是「必要選項」。

📱 網路小說和一般小說的讀者不一樣

　　看網路小說的理由是什麼？

> 1. 因為無聊。
> 2. 為了殺時間。
> 3. 為了讓頭腦清醒。
> 4. 因為有趣。

　　有些人很享受隨身帶著笨重的書來看，有些人則在空檔時間用手機看網路小說。除了「看些東西」這點以外，很難在兩者間找到共同點，包括看小說的理由、專心程度、使用媒介等都不一樣。

　　舉個例子來說，番茄跟草莓一樣都是果菜類，用途卻截然不同。試著想像淋滿煉乳的剉冰上放了鹹味番茄，或是草莓浮在辣味水拌生魚片上。儘管現在是尊重個人喜好的年代，但一想到它可能的味道，依然會讓人雙肩不覺顫抖。

　　如果不是只寫來讓自己開心的話，就要懂得給想要番茄的讀者番茄，給想要草莓的讀者草莓，這樣才有辦法把生意做好。難道因為番茄好吃，就要叫來店裡吃草莓的客人吃番茄嗎？還是因為店裡只賣番茄，所以叫客人去其他地方吃草莓？在最近這種經濟不景氣之下，如此營業方式，讓店面倒閉一點也不奇怪。

　　一般來說，網路小說的消費主要是用來殺時間的一種速食文化（snack culture）。需要絞盡腦汁才有辦法讀懂的深奧故事？從頭到尾都飽受考驗和霉運之苦的主角？儘管

讀者群隨著網路小說市場的擴大而變得更加多元，上述這種作品想受到歡迎仍然不容易。除非是從天上掉下來的神之妙句，那才有可能！

📱 網路小說讀者不會等你等太久

通常，網路小說讀者不喜歡難懂、複雜的作品，他們很討厭歹戲拖棚的故事。讀者看了標題卻不感興趣？那麼作品就會石沉大海。讀者們喜歡「**有節奏的簡短句子＋浩大又快速的故事開展**」，因為這樣的內容讀起來簡單又順暢。

> **閒聊一下**
>
> 是不是只能寫讀者想看的作品？雖然不全然是這樣……但如果想靠這行吃飯的話還是……這是比較複雜的問題，之後我再詳細說明。

有人說網路小說的成功與否取決於前五章的內容（每章約五千字上下）。有些編輯可以只看一章就判斷出該作品是否具有商業價值。而公開徵稿大賽或出版社投稿活動，一般都會要求繳交十五章左右的分量。也就是說，光是十五章的分量就足以決定作品是否會賣得好。

「我的小說到後面會越來越有趣！後半部有許多驚艷的劇情反轉！」

這些都沒用，我們要從一開始就把小說寫得有趣又令人玩味才行！想讓讀者自掏腰包來看你的作品，就要從一開始便動員所有必殺技，畢竟投入了各種努力卻依然石沉大海的作品可不只一兩個呢！

還有，希望你一定要記住，網路小說不是以本，而是以章為單位在販售的。所以，就算一開始點擊率很高，也絕對不能鬆懈。很多讀者會中途棄讀，所以每章都要絞盡腦汁用心寫。

請務必忘記以前國語課所學的「序幕→展開→危機→高潮（climax）→結局」的順序，我們要寫的不是那種小說。

📶 用手機看網路小說

常常聽到人家說用拇指滑網路小說。想靠網路小說成名，就必須寫出方便**手機閱覽的作品**。公開徵稿大賽的審查標準就包含「手機閱覽友善」。

隨著手機的普及化，網路小說市場急速地成長。像是《金秘書為何那樣？（김비서가 왜 그럴까）》的鄭景允（정경윤）作家、《雲畫的月光（그르미 그린 달빛）》的尹梨修（윤이수）作家、《Dream Cide（드림사이드）》的洪定勳（홍정훈）作家等人，都隨著網路小說市場的發展晉升

為「人氣作家」。從「網路小說」概念出現前的租書店時期開始，就連寫文學體裁的作家也脫離了紙本書，從而適應手機的世界。

那麼，是否應該要將網路小說出版成電子書？也不全然是這樣。就收入來說，KAKAO PAGE、NAVER SERIES、RIDIBOOKS、MUNPIA等平台上的付費連載作品都還算不錯。所以要成為人氣的職業作家，就要以平台的付費連載為目標，而不是出版電子書！

故事在網路小說的市場裡能換成錢，所以比起藝術性濃厚的作品，受到大眾歡迎的作品還更具有優勢。但假設作品不僅優秀又具有高度的商業價值？那簡直就是錦上添花。

網路小說家不是古典樂的指揮家，而是更接近夢想成為K-POP明星的偶像。不管怎樣，一定要擠進排行榜，盡量爭取在舞台上表演的機會，然後吸引那些二話不說按下結帳按鈕的粉絲們。此外，還要虛心接受自己花了諸多心血、努力演出的新作品，可能會不受觀眾待見的事實。

大眾化、商業化＞藝術價值、作品內容

想讓自己寫的文字和作品受到世界的認可？那麼比起網路小說，你說不定更適合寫純文學作品。不過還是希望你別太早放棄，你還有我呢！

02

網路小說能賺很多錢嗎？

新手作家也能靠一個作品賺四千萬韓元！

　　錢？好！就來談談這件讓人睜大雙眼的事吧！讀文學的人太世俗？你該不會認為真正的作品，出自於貧窮和匱乏吧？那種年代早就過了。

　　我在愜意舒適的房子裡一邊開著冷氣一邊寫作，不需要拖著疲累的身體打工兼職，每個月的版稅還是照樣進來。我希望所有想成為網路小說家的人，都能做著自己擅長的事、喜歡的事，然後前途、錢途都能一切順利。

純文學真的賺不了錢

　　寫網路小說以前，十年多以來我都只寫純文學短篇小說。這樣的經驗並非完全沒有成果，我曾好幾次入圍新春文藝的最終審查，還得過已廢刊雜誌的新人獎。

　　只不過這十年來，靠文字賺的錢全部加起來也就只有七百萬韓元。用年薪來算，只有七十萬韓元。還不是月薪，是年薪七十萬韓元！父母一聽聞這事便突然面有難色。

當時的我不是只寫文章而已，我還去高爾夫球場當球僮，在球道間跑來跑去的，還在連最低時薪都沒有的旅行社工作過。靠著西洋畫學系畢業的學歷，曾在國高中和美術補習班教過美術系考生，也曾在大公司裡擔任形象管理講師。這些都是為了賺生活費而不得不做的選擇。

儘管在如此忙碌的情況下，我還是持續寫小說，多的話一天八小時，少的話一天四小時。即使是生病、跟男友分手，我也從來沒有不動筆超過一週以上。就這樣，我花在寫作的時間，一下子就超過了一萬小時。

當網路小說家以前，我的夢想是「靠寫小說每個月賺二百萬韓元」。同行們皆異口同聲地大喊著：

「月薪二百，還不是月薪五十？太好高騖遠了吧？別再執迷不悟了！」

沒錯！在純文學界裡，月薪二百萬韓元的固定收入，的確會被人認為是荒誕無稽的數字。幾乎沒有職業小說家能靠寫小說維持生計。

小說家的主要收入來源是演講而非寫作，這件事早已不是秘密。張康明（장강명）作家在《月刊Channel Yes（월간 채널예스）》的專欄裡登載的〈奇怪的職業（이상한 직업）〉一文中寫道：「兩小時的演講費要比起自己一邊抱怨一邊花了兩週寫出的短篇小說，所拿到的稿費還要多」。拿著稿費發表作品的作家有多少？收到演講邀請的作家又有多少？當然，如果寫出像《82年生的金智英（82년생 김

지영）》那樣引起大眾轟動的作品，的確可以賺到錢又獲得名聲。但是，一年會出現幾部這種作品呢？尤其，新手作家寫出那種作品的機率又有多少呢？

我認識的一個同行友人剛簽下第一個作品的合約時，我不但開心替他鼓掌，還稱讚他實在太厲害了。他卻告訴我他的簽約金只有五十萬韓元，再加上首版前一千五百本的8%的版稅。計算事前版稅（也就是扣除簽約金五十萬韓元後作家拿到的錢）時，他便躲起來一個人默默擦拭流淚。

對大部分的作家來說，作品跟生計是兩回事。不論是教寫作課還是在出版社擔任編輯，都不過是餬口之計罷了。我就是覺得這點很令人生氣，我只不過是想繳房租、買炸雞來吃，然後偶爾給父母一點零用錢而已，大家卻說單靠寫作不可能做到這些。

正當我沒有自信自己能夠繼續走這條路，卻又不想放棄寫小說時，我把目光轉向了網路小說。

📶 數百名年薪破億的作家

網路小說的市場可說是以暴風式速度成長，雖然這已是老套的說法，但事實的確如此。網路小說的市場發展與日落產業代表的出版業大相徑庭。

網路小說市場的兩大山脈為KAKAO PAGE和NAVER。在KAKAO PAGE裡，擁有超過一百萬以上的讀者或是收益超過百萬美金的作品，才會出現在所謂的「百萬頁（Million Page）」上。擁有「＃因為信任才看的作品＃人氣＃百萬熱

門作品」等標籤的作品，早就超過一百多部。此現象說明了，任何人都能靠網路小說賺進年薪破億的收入。

NAVER的網路小說有所謂「正式連載」的好處。若成為「本日網路小說」作家，便可以每個月都收到固定的稿費。在NAVER上連載小說，還會有另外的預覽收益，像是拍成電視劇的《再婚皇后（재혼 황후）》，其收益額便高達四十億韓元，實在令人瞠目結舌。

順應當今一源多用（one source multi-use）的時代，網路小說改編為網路漫畫、電視劇、遊戲等的例子，以尹梨修作家的《雲畫的月光》以及鄭景允作家的《金秘書為何那樣？》為代表。由於二次著作版稅也歸作家所有，所以網路小說家透過一個作品，可創造出十分可觀的收益，而且會持續很長一段時間。

版權有時還會出售到國外市場。Bichu（비쥬）作家的網路小說《誕生為王的女兒（왕의 딸로 태어났다고 합니다）》被改編為漫畫，在中國的網路漫畫平台「騰訊動漫」上發布後，立刻以過人的氣勢，成為付費漫畫排行榜的第一名。

閒聊一下

所謂「一源多用（one source multi-use）」是指同樣的內容題材，以不同形式進行二次創作的商品化策略。

📱 新手作家的處女作也能賺進四千萬韓元

我是在公開徵稿大賽中獲獎出道的。當時我寫的浪漫史劇小說《世子嬪的大膽秘密》在「東亞＆KAKAO PAGE」的公開徵稿大賽中獲選後，正式以網路小說家的身分出道。

因為這部作品是公開徵稿大賽的獲獎作品，所以沒有另外經過審查，就以「等待即免費」的促銷形式，發布在KAKAO PAGE上。我這部處女作的首月版稅為六百萬韓元左右，下個月則是四百五十萬韓元，再下個月則進帳三百多萬韓元。

閒聊一下

KAKAO PAGE的「等待即免費」簡稱「等待免費」。指每二十四或十二小時提供一次借閱券的促銷活動，審查結果大約需要四到六個月的時間，詳細相關內容我會在第216頁說明。

這部作品在KAKAO PAGE獨家發布期間結束後，進行了第二次發布。也就是開始在RIDIBOOKS、YES24、ONESTORE等平台上進行銷售。若加上實體書包裝版稅，《世子嬪的大膽秘密（세자빈의 발칙한 비밀）》（附圖1-1）至今總共賺進四千萬韓元以上。四千萬雖然是頂級作家看不上眼的收益金額，但對十年來只賺七百萬韓元的我來

說，卻是一筆非常珍貴的鉅額。

　　這部作品後來也被改編成網路漫畫，在KAKAO PAGE的「等待即免費」上連載，我也因此持續地收到網路漫畫的版權費。以處女作來說，這部作品算是運氣很好的了。

　　下一部作品《Evangeline結束後（완결후 에반젤린）》（附圖1-2）在KAKAO PAGE的「等待即免費」審查時被淘汰，也沒有通過NAVER的審查。但是在KAKAO PAGE獨家首次發布後，首月版稅高達一千萬韓元。我本來對這部作品沒有太高期待，所以在看到版稅額時嚇了一大跳。隨著付費訂閱率的增加，這部作品晉級到「等待即免費」。轉換成「等待即免費」後，收益也隨之暴增，這是非常少見的情況。

　　然而，並不是每部作品的運氣都那麼好。《如夢似擁月（꿈꾸듯 달 보듬듯）》以及《螞蟻配角全都有（개미 조연이 다 가진다）》都在KAKAO PAGE上獨家發布後，成績卻不盡理想，連同實體書包裝版稅，所有版稅加起來的實際收益連一千萬韓元也不到。因為這兩部是在公開徵稿大賽中獲獎過的作品，我原本還期待之後會有好成績呢。我當時還因為太難過，連吃炸雞的胃口都沒有。儘管如此，我還是無可奈何繼續寫新的作品。

　　我在「NAVER地表最大型公開徵稿大賽」投稿《讓我們一起泡澡吧！公爵》（附圖1-3）這部作品時，慘遭滑鐵盧。（寫著寫著才發覺我有好多作品都被淘汰呢，哈哈！）當時心想著我果然不行，我的能力就到這裡而已！就在我

的小宇宙被核彈打得千瘡百孔時，我收到了NAVER寄來的郵件。

「我們非常惋惜錯過您的作品，所以想向您提出不同的方案。N.fic（엔픽）這個品牌主要是選拔具有付費連載潛力的作品，並將這些作品以單章的形式進行連載。」

這是我只從別人那裡聽說過的反提案。與N.fic簽約的好處是不需要經過NAVER SERIES「每日十點即免費」（簡稱每日十點免費）的促銷活動審查。《讓我們一起泡澡吧！公爵》便因此以「每日十點即免費」的形式進行發布，創下了百萬下載量的紀錄，版稅也就源源不絕地入手。

隨著出版作品數量的增加，每個月進帳的整體版稅額也跟著提高。所以說，「只要有十部長篇小說，生活大概不會有什麼問題」的這句話，並不是我道聽途說來的。即便我們都知道，沒有產出新作品的話，舊作品也不會賣得好。

📶 做著喜歡的事來養活自己

如同世上的其他地方，網路小說市場也有富者越富，貧者越貧的狀況存在。十位作家中，就有四位一年賺不到一千萬韓元。一千萬韓元有什麼好說的？因為作家們經常將一個月的版稅收入跟「炸雞價」做比較，但真的是炸雞價？當然這跟你點幾隻炸雞有關，但真的可能只賺得了跟

炸雞價差不多的版稅。更可憐的事情是，有些作家可能只賺得了咖啡價的版稅。

隨著大家不斷瘋傳「網路小說好賺錢」的說法，網路小說的平台越來越多，作品出版量也大幅增加。但悄聲無息消失在市場上的作品更如同天上的星星般，數也數不完，新手作家想在這個領域站穩腳步也就變得更加困難。

可是網路小說的世界，是極少數**可以讓純粹靠寫作維生的作家們**生存的地方。作家們幾乎不可能在其他寫作領域靠自己喜歡、擅長的事來維持生計，甚至是一夕爆紅，但這在網路小說的世界卻是有可能的。

2020年，我在新春文藝中獲獎的消息出來後，報社問了我的職業。

「我是網路小說家！」

如此回答的我，心裡是多麼的踏實啊！

我在寫這本書的同時和 N.fic 簽約了，並打算在秋天時把所有稿件都送出去，連封面插畫家都選好了。

新作品會賺多少錢呢？該不會像中樂透一樣多吧？我又再一次想像了成功的未來，寫作的過程雖然很辛苦，但靠文字吃飯，真是令人既興奮又幸福的事。

　　寫這本書時，我簽下《絕症皇后做的壞事》（附圖1-4）這部作品的合約。該作品於2021年2月發布於NAVER SERIES的「每日十點即免費」，目前一切順利，不僅被刊登在網頁的橫幅廣告上，還是排行榜上的第一名。

03

需要哪些能力呢？

噓！正式公開人氣作家的誕生之秘

想成為人氣職業作家的話，需要哪些能力呢？

能捕捉讀者目光的扎實寫作實力？還是剖析流行趨勢的企劃能力？三分靠技術七分靠運氣，運氣比實力來得更重要嗎？

寫網路小說是需要技能的。不過，比技能更重要的能力另有所在。

📱 發呆沉浸在幻想中的能力

創作是件辛苦的事。一天內要寫出一章以上、一定字數的文章更是辛苦。明明想寫的東西堆積如山，卻不曉得該如何下手寫第一個句子，故事情節的開展也讓人摸不著頭緒。

本來第一次接觸任何事情都是如此，我們之後再來思考寫作方法吧！因為那是技術，只要不斷磨練就會有所提升，可是資質是天生的。正因如此，我才認為網路小說

家需要具備幻想的能力，必須創造已經存在於這個世界之外，那專屬自己的世界，並且享受那些虛擬角色在其中遊走。

為什麼這是能力？這不是每個人都懂得享受的事嗎？絕對不是這樣的，幻想對某些人來說如同呼吸般容易，對某些人來說卻像數學作業般讓人傷透腦筋。

「其他的不說，我對自己的幻想能力還滿有自信的？」

如果是這樣，那表示你天生就具備網路小說家所需的能力。

「獲得了一百億韓元，卻注定在一個月後死亡？」

「一個和三名男子契約結婚的女人要離婚的方法？」

其他人都覺得幼稚或是對其指責和嘲笑的故事，對網路小說家來說都是珍貴的題材。網路小說家要能享受隨意寫下何時讓哪個主角出現，讓哪個事件爆發才好的過程，然後傻笑發呆到忘了時間！

沉浸在幻想裡的時候，會出現幾個瞬間讓你想寫些東西。有些令人好奇的故事卻沒有被寫出來時，該怎麼辦呢？那就由我來寫吧！如此開啟寫作之路的作家很多，而他們都具備優秀的資質。

📱 熱衷於看漫畫、打遊戲、看書的能力

「沒有付出就沒有成果」請牢記這句話！

沒有哪個種子就算你不澆水，也不給肥料還會持續長大開花。想讓幻想變成網路小說，讓網路小說賺錢，就得努力不懈地注入心血才行。也不能忘記溝通的重要性，要小心不要被困在自己的腦袋裡，一心沉溺於自己的故事，很容易失去客觀性，離大眾越來越遠。

　　沒有讀者就沒有作家，只有作者自己喜歡的網路小說，就跟個人日記沒兩樣。你覺得會有人去買別人的日記來看嗎？

　　當然沒有！

　　我再說一次，真的沒有人會這樣。換句話說，作家要寫別人也會想看的作品。

　　掌握讀者群並懂得分析現行趨勢是作者的技能，比這個技能更重要的能力是什麼呢？那就是將自己投入在漫畫、遊戲、書本中。好的寫作能力固然重要，**但若想寫出好文字，那就必須懂得欣賞內容。**

　　就算世界上所有作品都不是自己的菜，也絕對沒有不值得你學習的作品。優點的好，缺點的不好，都有可以讓人學習的地方。我覺得不怎樣的作品卻很受他人歡迎？那就得找出其受歡迎的原因。

　　作家沒有必要、也不可能有辦法百分之百去迎合大眾。儘管如此，還是要衡量自己和大眾之間的距離，要懂得偶爾縮短兩者之間的距離，才能變成人氣作家。

　　不需要因為寫網路小說就只看網路小說，試著去看漫畫、讀純文學書，觀賞電影和YouTube影片等，多多接觸不一樣的內容吧！多去旅行、嘗試不同打工等沒營養的廢話

我就不多說了。間接經驗也很好，像是通過圖書館、電影院，或是Youtube等。除此之外，可以讓作家成長的旅行地點也比比皆是。

盡量讓自己更寬廣地穿梭在這個世界吧。去感受世界、吸收不同的事物，然後自我發展，這些都是你通往人氣作家的「錢」途時，所需要的巨大資產。

📶 打破生活框架的能力

有多少人喜歡職場生活？低薪、只有老頑固跟瘋子的交際圈、煩人的業務，以及日復一日的加班等。即使是這樣的職場生活，大家還是無法辭職，原因正是在薪水身上。若要拋棄薪資給予的安定，然後成為網路小說家這個不穩定的代名詞，以及自由工作者的終結者，你就必須要有近乎能力的冒險精神。

老實說，我是屬於沒有辦法適應職場生活的人。（雖然幾乎沒有人會因為能力出眾，所以在職場上如魚得水）我雖然喜歡與人相處，但無法忍受跟討厭的人扯上關係。早起也是個苦差事，一整天在外頭奔波之後，我會需要關在家休息個兩天。

但是，世上的事哪可能事事如意呢？我在高爾夫球場當球僮時，凌晨三點半就要去上班，一天跑了三趟平均需要四到五小時才能打完的十八洞球場。到了藝術大學入學考的輔導課開班季，則是一天上了三堂四小時的課。錢雖然一點一點地進帳，身心健康卻日漸衰退，作品也是連個

句子都寫不出來，讓人簡直快要發瘋，急得直跺腳。

「穩定的月薪拿去餵狗吧！再怎麼不穩定，我也要當職業作家！」

為了確保寫小說的時間和維持體力，我後來找了個兼職工作。這時，你會需要一個無人能及的能力，那就是把別人的多管閒事和廢話當耳邊風。

「都幾歲了還在吵著寫小說，拜託你振作點！」

「你以為你寫小說有辦法成功出名啊？未免也把世界看得太簡單了吧？」

「要寫作就寫些有用的，寫什麼網路小說啊？哪也算得上是小說嗎？」

這種程度的酸言酸語還算好的，還有跟人身攻擊差不多的批評呢。當然，還會被歸類為社會適應不良者。

能夠將愛自己的人和不愛自己卻愛管閒事的人，所說的廢話充耳不聞，並堅持走自己的路，也是一個超級厲害的能力！

📶 將孤獨視為朋友的能力

寫作的時刻，所有作家都是一個人。

即使已經習慣了一個人生活又懂得享受孤獨，寂寞依舊是個煎熬的課題。一旦開始寫作，很容易一整天連嘴都沒張開過，一天就這麼過去了；也很常連外頭景色都欣賞不了，只能關在房間裡工作。作家們雖然試著使用各種社群媒體和公開聊天室，仍然無法消除他們的寂寞。

孤獨之餘，每天還是要寫一章五千字、超過一章的內容，說到底毅力也是一種能力。

網路小說適合比較長的內容，不僅是長篇作品進行付費連載的收益，會比出版單本電子小說還高很多，也因為長篇作品本身也比較容易進行付費連載。現代浪漫小說一般都有八十章以上，浪漫奇幻小說則是一百二十章以上。武俠奇幻小說的話，超過三百章的長篇作品唾手可得。尤其，平台要求的章數逐漸變多已經成為目前的趨勢了。

寫這種幾十萬、幾百萬字的長篇作品，最大的問題就只剩孤單這件事了。腰酸、手腕麻、頭髮慢慢掉光等，都是自己一個人在房間或咖啡廳角落要去承受的事。

對於想當作家的人或是在新人時期，都常會無止盡地感到憂鬱。只要看到點擊率為零、審查沒通過、投稿被拒，就會開始自我懷疑。

但也不是說出道後這種不安感，就全都消失不見。網路小說的市場就是個新人作家的處女作，有可能賣得比人氣作家的新作要來的好的地方。換句話說，人氣作家也有可能會玩輸整盤棋。

孤獨、憂鬱、掉髮、椎間盤突出、生活費等問題迎面而來，卻仍不放棄，相信自己總有一天會成功，而不斷地重新挑戰。據我所知，沒有哪個成功的人氣作家不具備上述這些資質。

我是網路小說的超級新手，
該從何學起呢？

從今日起立刻擺脫新手標籤，網路小說詞典！

　　網路小說界也有作者、編輯，以及死忠讀者（고인물독자）之間使用的用語。只要有網路小說詞典，你就不會像個新手在問說：「怎麼搜尋都找不到耶，○○到底是什麼啊？」

> **Q：這些都是我第一次聽過的單詞耶？**
> **A：身為網路小說新手的你，請把用語詞典背得滾瓜爛熟。**
> **Q：還以為是什麼了不起的內容呢，太瞧不起人了吧？**
> **A：已經是網路小說死忠讀者的你，請跳過這一節吧！**

📱 平台

平台（Platform）指的是像KAKAO PAGE、NAVER、MUNPIA、RIDIBOOKS等提供網路小說各種服務的空間，可以理解為營銷流通公司或連載處。

網路小說家、讀者、出版社都在這些平台上活動。由於每個平台的讀者都有不同的喜好，所以必須找到符合自己作品取向的平台，才有成名的機會。

如果進行付費銷售，平台會收取30％到45％左右的手續費，也可能根據合約內容或是宣傳活動，扣除50％以上的收益。

📱 宣傳活動

向讀者宣傳作品的一般廣告、網頁橫幅廣告、租賃權、各式活動等，所有的行銷手法皆統稱為「宣傳活動（Promotion）」。

宣傳活動決定網路小說的收益額，這句話一點也不誇張。簽約前先確認出版社預計進行那種宣傳活動，是很重要的事情。

沒有宣傳活動，只出版電子書？若是簽了這種合約，你可能會哭喪著臉看著戶頭裡和炸雞價差不多的版稅。除了名作家的作品外，基本上都是由平台決定作品的宣傳活動。

📱 發布

「發布（Launching）」，意指簽約後，以付費的方式銷售網路小說。

首次發布，是指作品首次公開上市。二次發布，則是首次獨家發布期間結束後，在其他平台上販售作品。二次發布時，有可能會拿到新的宣傳方案。

📱 女性向／男性向

在網路小說以外的其他各種領域，像是遊戲、網路漫畫、動畫等，也都會使用到的兩個用語。

> ● 女性向：以「女性」為目標客群創作的內容
> ● 男性向：以「男性」為目標客群創作的內容

羅曼史小說是女性向最具代表性的體裁，奇幻和武俠小說則是最常見的男性向體裁。寫網路小說時，要先決定自己的作品是屬於女性向還是男性向！模稜兩可的作品很快就會被淘汰的！

當然也有閱讀羅曼史小說的男性，以及許多奇幻小說的女性小說迷。甚至是羅曼史小說的作家中亦有男性作家，所以這只是為了一般性分類而使用的詞彙，僅供參考。

現代羅曼（현로）

「現代羅曼史（현대로맨스）」的簡稱。有時會添加一點點奇幻的元素，但也有很多作品是沒有添加任何奇幻元素。

愛情小說（로설）則是「羅曼史小說（로맨스 소설）」的簡稱，是比「現代羅曼史（현대 로맨스）」再更廣泛的概念。

羅曼奇幻（로판）

「羅曼史奇幻（로맨스 판타지）」的簡稱。以西方假想世界為背景，並加上奇幻元素的浪漫愛情小說。也有一些這類的作品以愛情為主線，沒有太多的奇幻元素。

架空歷史小說或浪漫歷史小說等類型的作品，也可能隨著題材的不同，而被歸類為奇幻愛情小說。一般「羅曼奇幻」大部分指的都是西方風格的奇幻愛情小說。

閒聊一下

　　以東方假想世界為背景的奇幻愛情小說，則被歸類為「東方羅曼奇幻（동로판）」。

📶 BL／GL

　　「Boy's Love」、「Girl's Love」的簡稱。Boy's Love的另一簡稱為男男戀，這種同性戀的浪漫愛情體裁，在業餘作家界已經流行了很長一段時間。其中有很多18禁[1]或極度情慾的作品。

📶 奇幻武俠（판무）

　　「奇幻（판타지）」和「武俠（무협）」的簡稱。奇幻體裁還可分為「現代奇幻（現幻，현판）」、「遊戲奇幻（遊幻，겜판）」、「傳統奇幻（傳幻，정판）」等，也時常會發現融合了兩種以上元素的混合奇幻作品。

　　武俠小說對新手作家來說是比較難突破的體裁，因為漢字、世界觀等需要鑽研的東西比較多。而且，有著大批

忠實粉絲的武俠小說家也都十分活躍。再加上，相較於女性向網路小說，武俠小說大多屬於超長篇小說，公開徵稿大賽要求的份量，也會比女性向網路小說還來得多。

📶 KKP（카카페）

「KAKAO PAGE（카카오페이지）」的簡稱。KAKAO PAGE是提供網路小說、網路漫畫、網路電視劇、電影等的超大型行動內容平台，沒有出版社的正式簽約是無法進駐的。雖然作家沒有跟出版社正式簽約，是無法進駐該平台的，但是最近KKP為了發掘優秀新人作家，表示正在計畫設立免費連載的空間。

> **閒聊一下**
>
> 因為KAKAO的代表色是黃色，所以KAKAO PAGE也被叫做「小黃屋」，近期以韓文初聲字母「ㅋㅋㅍ」[2]統一標示。

1　編註：韓國以19歲為成年，但按照韓國年紀計算方式，19歲相當於台灣的18歲。

2　編註：「카카오 페이지」是「KAKAO PAGE」的韓文原文，初聲字母指韓文每個音節的字首發音。

📱 N網說（네웹소）

　　「NAVER網路小說」的簡稱，有三種連載管道。

1. 本日網路小說（本日網說）：是與NAVER正式簽約的作家連載作品的地方。

2. 暢銷聯盟（暢聯）：是NAVER從挑戰聯盟選出來的作者，他們作品連載的地方。

3. 挑戰聯盟（地獄聯盟）：任何人都可以進行免費連載的地方，競爭非常激烈，作品一不小心就會石沉大海，所以又被叫作「地獄聯盟」[3]。

閒聊一下

　　NAVER SERIES（ㅅㄹㅈ）是類似於KAKAO PAGE的平台，需要與出版社正式簽約才能進駐。[4]

📱 MPA（ㅁㅍㅇ）

　　「MUNPIA（문피아）」的簡稱，最厲害的男性向作品平台！想寫奇幻、武俠等體裁的話，一定要挑戰看看這個平台。MUNPIA的明星作家年收入高達十億韓元，前10％的作家最少也有年四至五億韓元的收入。這是作家們最容易將作品連載從免費制轉為付費制的平台。

MUNPIA過去也常被稱為「月亮村（달동네）」，但近年來大家已經不怎麼使用這個名稱了。

📶 RD（ㄹㄷ）

「RIDIBOOKS（리디북스）」中「RIDI」的簡稱。RIDIBOOKS主要是電子書店的性質，從該平台拿到付費連載或是宣傳活動的難度，和KAKAO PAGE、NAVER等平台差不多。

這個平台很流行18禁的作品，其讀者評論也以冷酷出名。對新手作家來說，是個特別嚴峻的環境。所以，作家社群論壇上有很多人都建議只需確認版稅即可，不需要去看平台上讀者的留言。

📶 JAR（ㅈㅇㄹ）

「JOARA（조아라）」的簡稱。大家很常推薦新手作家來這裡進行首次連載，該平台上連載許多各式各樣題材的

3　編註：「挑戰聯盟（챌린지리그）」來自英文的「Challenge League」，別名「地獄聯盟（헬린지）」取自英文的「Hell-lenge」將「挑戰（Challenge）」的前方英文改為地獄。

4　譯註：NAVER網路小說主要是提供連載管道、進行公開徵稿的地方；而NAVER SERIES則是提供各種網路小說、漫畫、電子書給讀者觀看的平台。

網路小說，作家可以自己選擇是否要進行付費連載。

📱 BP（ㅂㅍ）

「BOOKPAL（북팔）」的簡稱，由出版社直接經營的平台。女性向、18禁作品是目前該平台的主流體裁。

📱 興趣作品／喜歡作品（관작／선작）

興趣作品是「有興趣的作品（관심 작품）」、喜歡作品是「喜歡的作品（선호 작품）」的簡稱。和YouTube的訂閱概念一樣，既是人氣衡量標準，也是免費連載的成績單。

新手作家容易成為「興趣作品」、「喜歡作品」的奴隸。因為不論是簽約還是宣傳活動的審查，都會隨著「興趣作品」和「喜歡作品」的訂閱數量而有所不同。

📱 連續閱讀率（연독률）

表示和前一章相比，小說持續被讀者閱讀的比率。如果前一章的點擊率是一千，最新一章的點擊率卻不到二百的話，就是所謂的低連續閱讀率。相反地，如果最新一章的點擊率達八百九十，就算是高連續閱讀率的作品。連續閱讀率越高，收益自然越多。因此，出版社和平台都偏好連續閱讀率高的作品。

📱 鉛槧（연참）[5]

指作家一次上傳好幾章，一次上傳兩章的話就是二鉛槧，三章的話就叫做三鉛槧。沒有其他技能可以比連續連載更有效地抓住讀者視線了！為什麼？因為一次看好幾章總是比每次看一章還來得更有趣！

很多作家會先累積一定的儲量（也就是，事先將要連載的份量寫起來），再開始進行連載。如果儲量不夠呢？那就只能改走現場直播路線囉！

📱 委託（커미션，Commission）

意指將免費連載作品的封面委託給插畫家，這種委託不同於出版社正式發布作品時一起合作的外包商。委託時，插畫家擁有著作權，所以小說家不可將其用於其他商業用途。招標外包商會比委託插畫家要更便宜。此外，根據委託要求的不同，像是只要角色人物的上半身或全身，是否包含背景等，委託價格也會有所差異。

平台會提供免費的封面，但從封面的品質就能看出不用錢的原因，當然也有不少作品因為免費的封面大賣！

5　編註：「鉛槧」意旨寫作活動，在這裡借「鉛槧」表示「連續連載」之意。

- 外包：正式發布連載時，透過出版社找合作廠商的形式。
- 委託：作家在進行免費連載時，自己尋找合作插畫家的模式，想將封面用在商業用途的話會比較困難。

📱 二日暢銷榜（투베，Two Day Best）

JOARA和MUNPIA的「二日最暢銷機制（Two Day Best）」的簡稱。簡單來說就是即時人氣小說排行榜。

免費連載作家最好要搶進二日暢銷榜的前段班！只要進到二日暢銷榜，就會吸引到更多讀者。越多讀者將自己作品訂閱為「興趣作品」、「喜歡作品」，作品點擊率也會跟著越來越高，同時還會收到許多出版社的聯繫。我建議大家要先好好研究打進每個平台二日暢銷榜的攻略，然後想好策略再開始連載作品。

- TB（투베）：二日暢銷榜
- 挑戰二日榜（투도）：挑戰二日暢銷榜
- 試知二日榜（투까알）：二日暢銷榜要試試才知道

📱 18禁（싯구）

未成年者不可觀看之內容，也被稱為18禁高尺度的情慾戲。

很會寫18禁小說的作家常在付費連載中大放異彩，撰寫全年齡層讀者適讀作品的作家，也會用其他筆名寫18禁短篇小說，這代表該市場具有足夠的「吸金力」。但是，公開徵稿大賽大部分不收18禁的作品。

> **閒聊一下**
>
> 還有12禁、15禁。每個平台的規定有些許不同，所以就算是全年齡適讀的作品，也有可能會被列為15禁。

📱 修正宮（수정궁）

當出版社收到校稿完的稿件，準備進行修改時，我們都會說作家們「進入了修正宮」。

完成稿件以後，並非「結束」，而是正要開始。這個階段基本上會訂正錯字、修改文意不順的句子，也有可能會大幅度修改故事情節、角色、台詞等等。作家們不需要完全按照出版社提出的建議來進行修改，但也不能無視專家的意見。因為不論是作家還是出版社，大家都想製作出完成度夠高的作品，然後賣出好成績。

📶 其他用語

免連／付連／正連（무연／유연／정연）	免費連載／付費連載／正式連載。
連中（연중）	連載中斷。
刪興趣作品／刪喜歡作品（관삭／선삭）[6]	刪除有興趣的作品／刪除喜歡的作品。
Contact（컨택）	從出版社那裡收到出版提議。
扣分（별테）[7]	惡意負評。
完稿（완고）	完成的稿子。
包含空格（공포）／未包含空格（공미포）	包含空格之字數／不包含空格之字數。
靠寫作吃飯（글먹）	以文字工作維生。
地瓜／汽水（고구마／사이다）	如同吃地瓜般鬱悶。 如同喝汽水般愉快、暢快、痛快。
事前版稅（선인세）	出版前事先收到的版稅，會在簽約後入帳或送出完稿後收到。
等待免費（기다무／기무）	KAKAO PAGE宣傳活動「等待即免費」（기다리면 무료）的簡稱。
每日十點免費（매열무）	NAVER SERIES宣傳活動「每日十點即免費」（매일 열시 무료）的簡稱。
RI等待免費（리다무）	RIDIBOOKS宣傳活動「等待即免費」（리디북스 기다리면 무료）的簡稱。
今日RIDI發現（오리발）	RIDIBOOKS宣傳活動「今日RIDIBOOKS發現」（오늘의 리디북스 발견）的簡稱。
今日新作（오신）	RIDIBOOKS宣傳活動「今日的新作」（오늘의 신작）的簡稱。

CP（Contents Producer）	指內容企劃提供者、出版社、代辦、管理公司等。
MG（Minimum Guarantee）	最低保障（minimum guarantee）、最低薪資（minimum wage），產生收益前事先拿到的版稅。
個人MG（갠엠）／品牌MG（브엠）[8]	個人拿到的MG／品牌，也就是出版社拿到的MG。
地板磁磚品（타일작）[9]／淘汰品（깔작）[10]	不被出版社重視的出版作品／為了提升出版總數才出版的作品。
No Promotion（노플모）	作品沒獲得宣傳活動。
追加宣傳（추플）	追加拿到的促銷活動。
JOARA大貴族論壇（조노블）[11]	JOARA大貴族付費論壇。

閒聊一下

正規連載常有支付稿費卻進行免費連載的情況。

6　編註：「관삭」是「관신 작품 삭제（刪除關心作品）」的簡寫。「선삭」是「선호 작품 삭제（刪除喜歡作品）」的簡寫。

7　編註：「별테」是「별점 테러」的簡寫，別點是星星（별）加上分數（점），這裡表示評價、分數。테러則是英文「Terror」，用恐怖攻擊表示惡意評價。

8　編註：個人MG（갠엠）為「개인 미니엄 개런티（個人最低保障）」的簡寫。品牌MG（브엠）為「브랜드 미니엄 개런티（品牌最低保障）」的簡寫。

9　編註：為「타일（磁磚）」加上「작품（作品）」的簡寫。用磁磚比喻作品成績太低，所以只能像地板磁磚般，緊貼著地面。

10　編註：為「깔다（鋪）」加上「작품（作品）」的簡寫。比喻成績不好直接往地板貼的作品。

11　編註：為「조아라（JOARA）」和「노블레스（貴族）」，以及「블로그（Blog）」的簡寫。

05

想靠興趣賺錢，該如何寫才好呢？

通往億萬版稅的第一步，必須決定的兩件事

　　雖然常聽人家說興趣賺不了什麼錢，但網路小說能讓你靠興趣賺錢。許多作家本身都是愛看網路小說的「御宅族」。

　　當他們在看那些億萬暢銷作品時，心裡總是冒出：「我應該也寫得出這樣水準的小說吧？」或是「我來寫應該會更有趣」等等的念頭。此外，不少爆紅作品都是作家們在放學後、下班後，或帶孩子的空檔時間完成的，你也能成為其中的一員。想靠興趣賺錢？那我得先問你幾個問題。

　　你真的想靠網路小說賺錢嗎？

　　世界上哪會有人不愛賺錢？這種理所當然的問題有什麼好問的？

　　做出任何行動前請先三思。我看過太多以成為作家作為目標，不顧一切往前衝，最後卻悔不當初的人！

📶 作品是為了誰寫的？滿足讀者 v.s. 滿足作家自己

因興趣而寫的作品以及為了賺錢而寫的作品,兩者之間有著非常大的差異,差別就在於是為誰而寫。

> * **滿足讀者>滿足作家自己－商業用**
> * **滿足讀者<滿足作家自己－興趣用**

倘若純粹是為了興趣,那麼你想怎麼寫都沒關係。易讀性低落也無所謂,長篇大論自己的認知與觀點也沒問題,要以悲劇做結尾也可以。反正是自己的興趣,難道還會有人對著作品指指點點、品頭論足嗎?自己開心最重要。

但如果是為了賺錢就不一樣了。不能寫只有自己才會喜歡的作品,要寫會吸引眾多讀者,也就是會受大眾歡迎的作品。

「大眾性是最棒的!我絕對會成為月入千萬的人氣作家!」

即使如此下定決心往前衝,作品卻依然埋沒於深淵中的作家滿街都是。讓我舉個例子吧!

> 我是辣炒年糕愛好族,

吃過YupDuk、SinJeon、急診室、Jaws等各
家好吃的辣炒年糕店。
不過我應該可以做出比這些店更好吃的辣炒
年糕。
花了各種心血研究出食譜後，終於開了一家
辣炒年糕店。
招牌菜單是「糙米咖哩辣炒年糕」！
這是放入滿滿的糙米和薑黃的二十一世紀健
康辣炒年糕。
然而，沒有客人上門。
偶爾上門光顧的客人們卻只點我被用來當配
套措施的「記憶中甜甜辣辣的辣炒年糕」。
我的辣炒年糕店會落入怎麼樣的命運呢？！

選擇一　客人總有一天會知道我的辣炒年糕有多優
　　　　秀，即使現在再辛苦，還是要全心全意將心
　　　　血投注在「糙米咖哩辣炒年糕」上！

選擇二　這些辣炒年糕之所以會受客人歡迎都是有原
　　　　因的，去研發升級版的「記憶中甜甜辣辣的
　　　　辣炒年糕」吧！

當然，糙米咖哩辣炒年糕也可能會爆紅，只不過機率
非常低，瀕臨歇業的經營者東山再起，成為名餐廳老闆的

可能性更低。

　　要靠記憶中甜甜辣辣的辣炒年糕一決勝負，也不是一件簡單的事，因為這種辣炒年糕在世界各處比比皆是。儘管如此，比起糙米年糕和咖哩醬，大部分的人還是更喜歡一般的年糕和甜辣醬。

　　想在競爭激烈的辣炒年糕品牌中鶴立雞群？那就得研發出吸引辣炒年糕熱愛者的辣炒年糕，而不是符合自己喜好和口味的辣炒年糕。

> 「寫自己想寫的東西叫做純文學，
> 寫讀者想看的東西叫做網路小說。」

　　這句話是我開始寫網路小說之前，在某個作家的演講上聽到的。雖然這句話沒有錯，但我有不一樣的看法。作為新春文藝獎出道的作家（唉唉），我覺得現在連純文學作家也不能隨心所欲寫自己想寫的東西了。

　　我當時接受李箱文學獎（이상문학상）獲獎人朴相禹（박상우）[12]老師的指導，每次要共同發表作品時，老師總會對我的作品說這裡不行，那裡這樣不行的，經常收到老師的批評和指教。當然，那段時間奠定了我出道成為作家

12　編註：朴相禹（박상우，1958—），韓國著名小說家，代表作有《我心中的屋塔房（내 마음의 옥탑방）》，該作品獲得第23屆李箱文學獎。

的基礎！

我雖然點著頭，同意老師說的話，「可是我想寫的不是這個啊……」的想法卻不曾消失在腦海中。連純文學作家都無法寫自己想寫的東西，更何況是網路小說家呢？

📱 小眾？主流？要寫些什麼呢？

網路小說大致上分為「女性向」和「男性向」作品。男性向裡面又可以細分為現代奇幻、遊戲奇幻、傳統奇幻、武俠等體裁。女性浪漫取向則可以細分成現代浪漫、浪漫奇幻、東方浪漫（동로）、男男戀等，任君挑選。

不過，要明確設定好主角的性別！因為作品的體裁是隨著主角的性別來決定的。

> * 男性向作品主角＝男性
> * 女性向作品主角＝女性（男男戀除外）

你說這太制式化了嗎？沒錯，這的確是既古板又毫無創新可言。但是，一旦跳脫這個公式，作品就很容易變成小眾作品。雖然奇幻體裁的小說主角被設定為女性的趨勢逐漸增加，但這種設定還沒成為主流。

為什麼要按照主角的性別來決定體裁？因為讀者會將情感寄託在主角身上。男性讀者會比較容易把情感寄託

在男性還是女性主角身上呢？當然，也有些浪漫體裁小說以男主角的視角展開故事。即使如此，如果是女性向的體裁，牽引故事的中心話者還是必須是女性才行。

　　觀看那些以作家為志向者，所撰寫的劇情概要，可以發現有許多人將奇幻體裁小說的主角性別設定為女性。然而，以女主角為中心的奇幻小說，能達到成功的作品卻是少之又少。那以男性為中心的浪漫愛情故事呢？我不確定是否有成功的案例，但起碼我目前是還沒看過，這說明了主角性別的重要性。

　　故事主角的性別必須和目標讀者群的性別必須相同！也就是說，要明確區分自己的作品是男性向還是女性向。體裁模糊不清的話會產生什麼樣的問題呢？

> **1. 不利於投稿、公開徵稿。**
> **2. 銷售量差。**
> **3. 被讀者罵。**

　　行銷的基本在於明確的客群設定。出版社也相當忌諱那些目標讀者群設定模糊的作品。隨著讀者群不同，大家的意見會各自表述，那麼小眾作品之所以被小眾化也不是沒有理由的吧？別人阻止你做某些事都是有原因的。如果

多數的人這麼做都獲得成功，那麼你也不會獲得小眾作品的評價了。

閒聊一下

就算把奇幻小說的女主角定位成男性向小說出版好了，依舊會被人罵：「這哪是奇幻？根本就是浪漫奇幻！」那麼以浪漫奇幻體裁出版？又會被罵說：「一點浪漫情節也沒有，算哪門子的浪漫奇幻！甜蜜撒糖的場景哪時才會出現？」

題材或故事內容都會影響小說成為主流或是小眾，尤其是悲劇結尾！還有開放式結局！一定要記得，這兩個毫無疑問是小眾派別的兩大巨頭。

當然也有紅翻天的小眾作品，但那些作品背後都有個妙筆生花的天才作家，像是有辦法用文筆拽著讀者衣領走的作家，以及寫什麼都能讓人捧腹大笑的作家。

一定要放棄寫小眾類型的作品嗎？

如果你真的不喜歡主流題材，試著寫也寫不出像樣的故事，那麼不論是小眾題材還是其他的，就去寫你能寫的東西吧！是不是硬寫出來的東西一看就知道。作家自己也不感興趣的話，讀者也不會覺得好看。連作家自己都不覺

得有趣的作品，有誰會想看呢？

「賺錢當然好，但我還是想寫我喜歡的作品！」

這樣的衝勁很棒！去做你想做的事。我真心替你的挑戰精神加油！一旦出現了豐富多樣又有趣的作品，就會流入新的讀者，網路小說世界也會變得更寬廣，但你必須要有所覺悟，如果一味地寫小眾題材，就只能天天長嘆為何自己的作品不受歡迎。

小眾＝作品內容（×）、個人喜好（○）

不管是主流還是小眾，都只是個人偏好罷了。寫小眾題材並不代表作品就一定會散發出濃厚的藝術性；寫主流題材也不表示作家不具備個人特色。如果因為寫主流題材就喪失個人特色的話，那是打從一開始就沒有自己的特色。模仿得有模有樣的雕蟲小技，當然就另當別論了。

> 「文體是意識的指紋，
> 如同人體的指紋是由細緻的線條組合而成。
> 小說文體是由一個個句子結合而成的精神旋律，
> 或是情感紋路。」
> ─小說家朴相禹─

指紋不會有所改變，想丟也丟不掉，這就是作家固有的情感和筆法。不管寫什麼，**都要成為具備屬於自己指紋的作家。**

「我的作品點擊率之所以會徹底失敗，都是因為它是小眾題材的關係。就是這樣！寫主流題材的話，我早就爆紅了！」

請你收回這種強詞奪理的辯解。暢銷作品之所以會受歡迎，並不只是因為一兩個原因。實在不好意思，你的作品會失敗，很有可能是因為你的文筆本身就不好，或者是因為故事內容跟吃地瓜一樣，讓人難以下嚥！

我想給那些想走小眾路線的你，最後一次勸告。請找找看與自己作品類似，且同樣也是走小眾路線的人氣作品。如果再怎麼找都找不到和自己作品相似的暢銷小說？

「哇，好特別！我果然很有創意！」

先別高興得太早，很可能你寫的題材某個作家早就寫過，之後卻神不知鬼不覺消失在市場上。如果這是個乏人問津的小眾題材，想靠這個作品賺錢，可能比摘天上的星星還要更困難呢！

06

有沒有關於成為網路小說家的秘訣呢？

最快成為職業作家的四大方法

　　在網路小說界，出道不需要讓你傷透腦筋。但是，想靠自己的作品產生利潤、收益就必須出版才行。過程大略如下：

> **執筆→簽約→出版社校訂＆檢閱→修訂→平台發布＆付費販售**

　　當然，這個過程根據每個出版社、作品皆會有所不同。可能會在開始寫小說之前就先簽約，也可能在寫完小說後才簽約，又或者是一邊進行連載一邊完成小說。有時候這個過程中會需要製作封面，或通過宣傳活動的審查。除此之外，也有些出版社會進行三次校正。

　　總之，透過以上過程，成為網路小說家的方法主要有以下四項：

> 方法一　公開徵稿大賽中獲獎
> 方法二　免費連載時收到出版社的出版邀請
> 方法三　出版社投稿
> 方法四　免費連載→轉換成付費連載

📱 最迅速、最實在的跳板！在公開徵稿大賽中獲獎

光看獎金額度就知道網路小說是個多受歡迎的市場了。大獎基本上是五千萬、一億韓元起跳，還可以正式在平台上連載作品，或是將作品改編成網路漫畫。

我也是在公開徵稿大賽中獲獎後出道的，我把獎金拿給父母當零用錢，還帶他們去高級的日式料理店吃生魚片。當時獲獎的作品不須經過審查，就可以在KAKAO PAGE的「等待即免費」上發布。發布後受到不少歡迎，於是改編成網路漫畫出版。

有誰不知道參加公開徵稿大賽是個好方法？問題是競爭率高得不像話。除了新手作家，現職職業作家也可以投稿？合著作品也可以？到底有多少人報名參加公開徵稿大賽？

在韓國，網路小說能賺大錢這件事，已經是個家喻戶曉的傳聞了。認為自己有寫作經驗或對自己的寫作實力有信心的人都會去挑戰公開徵稿大賽，因為這個方法可以快速讓他們以現任職業作家的身分，扎實地在文壇站穩腳步。

公開徵稿大致分為兩種形式。

1. 投稿形式的公開徵稿

在截止日前將**劇情概要和規定份量內的稿件**以電子郵件的方式寄出。

雖然把整部小說寫完有加分效果，但這種**趨勢**已經逐漸消失了。所以，與其硬做結尾，我會建議你用心把規定份量的內容寫完整，因為網路小說最重要的就是開頭部分！

2. 連載形式的公開徵稿

這是在審查期間**直接在平台上連載**的公開徵稿。

一般來說都會要求二十章以上的連載，有時預審跟正式審查會分開進行。作品點擊率、人氣投票等，時常會反映在審查結果上。想要提高作品點擊率，就得多多進行連載。

但是，我沒辦法跟你保證：「成為專業網路小說家的最佳方法，果然就是去參加公開徵稿大賽」。

新人作家不知道的公開徵稿大賽陷阱（例子）
在讀者數不多的Ａ平台上獲得公開徵稿大賽的大獎。
總獎金額高達一千萬韓元，但實際獎金只有五百萬韓元。
剩下的五百萬韓元則是事前版稅。

這代表什麼意思呢？意思就是，如果銷售額沒有超過事前版稅的話，該作品最多只能賺到一千萬韓元而已。難道一千萬韓元還不夠啊？當然不夠。獲選大獎的作品很有可能商業價值和完成度都更高，若在讀者數眾多的大型平台上販售，絕對會創造比獎金更高的收益。

連載形式的公開徵稿比賽，會將反應不錯的章數轉換成免費連載。如果獲獎了也就沒什麼問題，但若被淘汰的話，免費連載的章數就會變得很可惜。這也是為什麼現職作家或匿名作家都不太願意參加這類型的公開徵稿。

不管是哪種情況，著作權都應該掌握在作家手裡。簽約期間一般是二到三年。記得避開那些著作權規範模糊不清，且簽約時間過長的公開徵稿大賽！當然，公開徵稿獲獎還是個很吸引人的出道方式。因為除了獎金之外，受獎經歷對作家的職業生涯有很大的幫助，所以很多現職作家還是會不斷地參加公開徵稿比賽。

閒聊一下

公開徵稿比賽必殺攻略，另外在本書第72頁說明！

友善度 ★★★

在大部分的情況下，付費連載作品、已簽約作品等，是無法參加公開徵稿比賽的。此外，除非是18禁作品的公開徵稿大賽，要不然18禁作品也不被列入考量。因為審查

暴力、羶腥內容的標準越來越嚴格，連12禁作品也都有可能不具投稿資格，所以最好寫適合所有年齡層的作品。雖然不能重複投稿，但是可以修改落選的作品，再重新送審。有些公開徵稿比賽不接受過去在同一徵稿賽中落選的作品，所以要仔細確認一下細節。

文筆　★★★★

審查委員都是專家，光讀幾句就可以知道投稿作家的文筆好不好。作品完成度是基本門檻，角色人物要夠吸引人，題材要夠新穎，還要有高度的大眾性。

運氣　★★★★★

文筆再好，沒有運氣也不可能在公開徵稿比賽中得獎！

📶 最簡單也最困難的方法，在免費連載中收到出版邀請

在NAVER挑戰聯盟這類平台上進行免費連載時，有時會收到陌生的電子郵件。

「我們看完作家您優秀的作品了。請與敝出版社簽約吧！」

終於，出版的機會來了！哇！果然放在口袋裡錐子藏不了！出版邀請真的是最振奮人心的獵頭電話了。

出版提議通常會在什麼時候收到呢？這誰也說不準。

很可能連載一章就收到，也有可能整部作品都連載完了還沒有收到。

閒聊一下

　　我最快收到出版邀請的電子郵件，是在JOARA連載第三章的時候。那時候小說點擊率連二百都不到，所以收到郵件時我非常開心。

　　作品若是在免費連載期間大受讀者歡迎的話，會陸續收到出版邀請，收到十家出版社以上的邀請，也不算少見的例子，其中試探性或撒網性質的出版邀請也很多，所以別沉溺在「我的小說要正式出版啦！我也要成為專業作家了！」的快樂中，便操之過急地簽約。

　　「連載沒多久後就簽約了，幾天後卻又收到更好條件的出版邀請，還是來自人人稱羨的大型出版社。」

　　時常會出現上述情況。

　　當然也有相反的狀況。這是在《Evangeline結束後》免費連載期間所發生的事。當作品連載到第八章的時候，我收到了某間大型出版社的出版邀請。因為當時還處於連載的初期階段，我就跟他們說：「請讓我考慮一下，之後再與您聯絡。」

　　大概到了連載第六十章的時候，因為聽了身邊其他人的建議，便決定和該出版社簽約。但是，出版社編輯的

回應卻給人一種不太舒服的感受。他表示得再審閱一下稿件，結果卻在一週後回絕我。

當初不是你們提議出版的嗎？大部分出版社拒絕簽約的時候，都會拿作品方向不合或作品需要大幅修改等當作藉口。現在想起來還是會覺得頭昏腦脹，我要讓那間出版社後悔錯過我的作品！

所以，我之後改投了LOCOMEDIA。LOCOMEDIA出版《Evangeline結束後》後，讀者的付費率還不錯，於是轉換成「等待即免費」。就這樣，我緊緊抓住了難能可貴的幸運。

出版邀請是件令人心情愉悅的事。如果能選擇自己喜歡的出版社，不知道該有多好呢？不過，你想收到出版邀請，就得先獲得讀者的認可才行。想在每天有數百、數千部新作品湧進的連載論壇上，抓住讀者的目光並不是件容易的事，想收到自己喜歡的出版社所給的出版邀請則更為困難。

如果一心只想著要收到出版邀請，連載作品就會變成一件痛苦的事。所以，希望你能夠先尋找和讀者產生共鳴的樂趣。

友善度　★★★★★

新手也能馬上開始進行免費連載。可以在不同平台上連載同一作品，所以盡量多在平台上連載作品，這也會增加作品受到出版社編輯關注的機率。

文筆 ★★

作家想怎麼就怎麼寫。連載的同時也可以練練文筆，有時文筆看起來有些生疏的作品也會爆紅。想讓眼光越來越高的讀者滿意，就要具備基本的文筆能力！

運氣 ★★★

出版社比想像中的還多，所以不只是學生，連新手作家也都有機會收到出版提議。但若急於簽約，很容易吃大虧。如果你只是為了出版而出版，那當然就另當別論。不過，難道你的目標不是成為暢銷作家嗎？我們要學著培養好的眼光，挑選出能讓我們的作品成為暢銷著作的出版社。

📱 不靠出版社，靠自己的力量，付費連載！

作家們在JOARA、MUNPIA、BOOKPAL等平台，都可以直接選擇付費連載。有幸進到前段班的話，基本上可以賺得比一般上班族還多很多。年薪億萬作家可多的是呢！

有些作品從一開始就進行付費連載，有些則是從免費連載轉換成付費連載。有些人在成為作家的第三百天，開始將作品轉換成付費連載。有些人則認為要在一千天之後再這麼做。選擇是作家為自己的命運所下的決定，所以請仔細研究一下作品的讀者數和下一章點擊率，再做決定吧！每個平台的計算法、手續費都不一樣，所以一定要好好確認。

轉換成付費連載後，讀者數量和下一章點擊率都會下降。這是很自然的現象，請你不要因此而過度傷心。只

要寫得出好看到別人花了錢也不覺得可惜的作品，小說的點擊率自然就會變多。為了填足文章份量而硬寫出來的作品，是逃不出讀者的法眼的，所以別想著要耍小聰明。

1. 同一作品可以同時在兩個平台上進行付費連載嗎？

非獨家連載並不是不可能，只是收益分配率較低。連載平台也要做生意，所以大部分平台還是主推獨家連載。非獨家連載容易分散讀者群，對提升排行並沒有什麼好處，曝光度也會因此下降。

曝光就是作品的點擊率，而作品的點擊率就是收益。所以，在同一平台上連載整部作品的情況較多。

2. 已是付費販售的作品，是否還能和出版社簽約？

與出版社簽約後，作品便可流通於市場。只要作品的點擊率夠高，要簽電子書的出版合約也不是件難事，因為出版社不需要特別投資也能獲益。

作品進行付費連載的期間，若是受到讀者歡迎，就會接二連三拿到其他平台的宣傳活動機會。當然，更多的前例是作品在審查階段就被淘汰掉，據說審查時間也較長。

男性向作品比女性向作品還更常進行付費連載，尤其是在MUNPIA平台。不過，MUNPIA的知名連載作家們都建議不用太執著宣傳活動，好看有趣的作品到哪都賺得了錢。相反地，也有人免費連載自己花無數心血所寫出來的作品，卻在人人稱羨的大型平台上慘遭失敗。一般來說，付費連載會賺錢，出版成電子書之後又會有一筆新的收

入，作品累積得越多，固定進帳的版稅也會持續增加。

友善度　★★

付費連載是專業作家們之間的較量，四處皆充斥著領航網路小說界的元老級作家，以及吸引大批死忠讀者的知名作家。雖然這種情況非常少見，但還是有新人作家在第一個月就賺進數百萬韓元。付費連載雖然入手容易，要靠這個方式保持穩定的收入卻很困難。

文筆　★★★

人氣和文筆並非總是一致。儘管文筆不夠好，只要能夠在免費連載作品的期間累積一定的讀者群，就可以考慮將作品轉換成付費連載。請仔細觀察作品的下一章點擊率，以及固定讀者的數量後再做決定。當然，基本上你不會看到文筆很差的付費連載作品。

運氣　★

實力比運氣更重要。擠進排名的前段班，並維持穩定的成績，以及在一個作品結束後，再繼續寫新的作品等，這些都是實力和努力的成果。若是神明特別給的好運，那就另當別論了。

📱 敲門和等待！靠投稿成為網路小說家的方法

投稿是一種「敲門」，必須要帶著稿子上前敲出版社的門。

投稿是一種「等待」，快的話一週，慢的話則需一個月以上的時間，才有辦法得知出版社的決定。

如果說「敲門」和「等待」是春寒料峭，那麼回信就是西伯利亞的暴風雪。每當看著以「謝謝您的投稿……」為開頭的回信，全身就會僵硬得無法動彈。寫作能力優秀，或是期待下一個作品等冠冕堂皇的話就不必多說了，反正你們也不會跟我簽約！

決定要投哪一間出版社本來就是一件困難的事，劇情概要的撰寫也不輕鬆。來來回回確認收件匣好幾次，等了又等，投稿失敗的話，會有好幾天提不起勁寫作。有很多作家受不了這種痛苦，所以總是躊躇不前，不敢輕易投稿。但是在我們成為暢銷作家，讓知名出版社自動找上門以前，你不可不去投稿。若非單純為了個人興趣，你就得出版作品。既然出版作品勢在必行，那就選擇待遇好、校稿準確、經營狀況好的出版社吧！那麼，網路小說家們應該何時投稿呢？

1. 努力進行免費連載

原以為作品會大受歡迎，作品點擊率卻不盡理想，內心因此十分窘迫。此外，也沒有收到出版邀請，而且還沒有信心開始進行付費連載。儘管如此，你仍然無法放棄出版作品。那麼，方法就剩一個了，那就是投稿。

2. 免費連載成績很不錯

持續進入二日暢銷榜，讀者反應也很熱烈，自然會收到源源不絕的出版邀請。可是那些邀請都不是來自自己想要合作的出版社。這時候，想都不用想，投稿就對了。

3. 寫網路小說很有趣，但進行免費連載卻備感壓力

確認作品點擊率和留言，會讓自己無法專心在寫作上，所以果敢停止連載，全力向完成作品邁進。這時的你，只需要拿著完成的稿子，去參加公開徵稿比賽或投稿出版社就可以了。

大部分的出版社經常接受投稿稿件，但各自要求的形式和份量都不同。有些出版社只會收完稿或70％完稿的作品，有些出版社甚至連收都不收。

就算投稿成功也不需要急著立刻簽約，可以等等看其他出版社的回覆，也比較一下每間出版社開出的條件。我建議以電郵的方式事先取得合約書，仔細過目一次。只要請出版社把合約書寄過來，他們基本上都不會拒絕。貨比三家後，再與開出條件最好的出版社簽約吧！

千萬不要因為被幾間出版社拒絕就受挫，本來就沒有人能夠一次就成功。實在不行的話，就寫一篇新的作品重新投稿。即便失敗無數次，只要成功一次，就能成為出版作家。

友善度　★★

投稿這條路，從選擇出版社開始就很費功夫，寫劇情概要也很不容易。收到拒絕信的次數比正向回應的信還來得多。投稿、等待、被拒絕等過程，就算只有反覆幾次也會讓人備感煎熬。如果你是那種不容易受打擊的性格，那麼投稿對你來說會是個非常好的方法。

文筆　★★★

投稿跟公開徵稿一樣，彼此的競爭對手都是專業作家。就算練習文筆的時間很短，只要作品的大眾性、潛力受到認可，你就能投稿成功。相反地，「您的文筆出色，但不符合敝公司的定位，因此無法與您簽約」的拒絕話術，四處可見。

運氣　★★★

需要實力的同時，也需要運氣。就算是非主流題材，只要能打動編輯的心，也有機會和出版社簽約。反之，也有些情況是作品很出色，卻因為出版社的喜好而被拒絕。雖然這兩個都是眾人皆知的例子，還是讓我們回想一下，曾經被十二間出版社拒絕的《哈利波特：消失的密室》，或者是碰壁一百三十次的《心靈雞湯》等名著吧。

要如何在公開徵稿中獲獎？

三次獲獎經歷！打遍公開徵稿大賽的秘密大公開

　　每年各式各樣的大型平台都會舉辦公開徵稿活動，獎金也都給得非常多，該怎麼做才能在這些公開徵稿大賽中緊緊抓住財富和名聲呢？每個公開徵稿比賽都需要一定的技巧，只要熟悉這些技巧，公開徵稿得獎就不再只是夢想。

　　2011年我在「與李外秀（이외수）作家一起做的Olleh E-book公開徵稿（이외수 작가와 함께 하는 올레e북 공모전）」大賽中得獎，之後在2016年的「東亞＆KAKAO體裁小說公開徵稿（동아×카카오페이지 장르소설 공모전）」、2019年的「大韓民國創作小說公開徵稿大賽（대한민국 창작소설 공모대전）」中分別獲獎。2020年則透過當時新春文藝裡競爭最激烈的《世界日報（세계일보）》出道。

　　我該不會是個才氣出眾的天才作家吧？絕對不是！公開徵稿本來就是這麼一回事。曾經在公開徵稿比賽中獲獎的人很容易會在其他大賽中得獎，因為獲獎秘訣通常都可以融會貫通的！

不過領悟秘訣的過程並不容易，需要有凌駕於資質之上的努力，撐起崩潰情緒的能力，以及再次進行挑戰的韌性。這次我要分享的是，我在無數次公開徵稿比賽中慘遭淘汰的時候所拾獲的技巧。

📶 開頭是致勝關鍵

第一章最重要，標題也非常重要。**必須把所有功力都放在第一章和標題上**，再三強調這件事也不嫌少。

為了使讀者和審查委員選擇自己的作品，首先作品要夠亮眼才行。開頭就決定讀者是否要繼續往下看，這是我和出版社編輯組長開會的時候他告訴我的。

「單看第一章就可以預測作品賣不賣座。當然，有時候也會發生以為會很賣座作品，銷售量卻一塌糊塗的情況。但是，很少有一看就不賣座的作品，實則大賣的例子。」

尤其，第一到第五章非常非常重要。出版長篇小說時，時常會先讓讀者免費看五章左右，第六章再轉換成付費觀看。免費章數結束的那個瞬間，要讓讀者覺得作品超級有趣，好看到自掏腰包也不會後悔才行！

小說的高潮處落在第二十章？這一點用也沒有。審查委員的目光早已轉向其他投稿者的作品了。

極具魅力的角色在第五十章左右才登場？費盡心機把

角色藏起來，最後只會變成一灘死水。

最好把作品最有趣、吸引人的內容放在前半部。意思就是，要讓讀者產生「還滿好看的耶，感覺後面會精彩不絕！」的預期心理。**千萬別忘記開頭的影響力！**

> **千萬不可以誤會所謂的「影響力」。**
> 衝擊容易變成刺激。
> 刺激又容易變得既煽情又暴力。
> 作家承受不起的刺激，最後只會變成一種毒藥。
> 千萬不可為了「影響力」而付出性命、越過界限。
> 別忘記自己寫出來的東西，隨時都可能傷害到別人。

引起大眾熱潮

「公開徵稿一般都選哪種作品呢？」

在回答這個問題之前，先讓我們思考一下別的問題。平台為什麼要舉辦公開徵稿活動？他們想透過公開徵稿比賽獲取哪些利益？

要獲獎就得先搞清楚主辦方的期望值是什麼。平台不是慈善事業，他們給出鉅額獎金的用意是為了找尋金雞

母。審查委員們的喜好都差不了多少，正確答案也都可以在徵稿簡章裡找到。

> **審查基準**
> 完成度、創意性、大眾性、手機閱覽友善度

雖然每個公開徵稿大賽都有些許不同，但都一定會包含上述各項審查基準。其中，完成度是最基本的。作品是否有閱讀的價值，作家是否有持續帶領讀者穿梭在故事的能力等，也都會成為審查的標準。審查作品的完成度是為了要確認作家的基本功力。

不管怎樣，**大眾性（商業性）**比完成度還重要。參加了公開徵稿比賽卻說要放棄作品大眾性，就好比不帶任何子彈上戰場一樣。

「我要靠創意性一決勝負！」

創意當然好。只不過創意必須以大眾的方式表現出來。

你想像一下自己是審查委員，從你手上選出了獲獎者，也給了鉅額的獎金，但是作品出版後卻無法討好大眾？

審查委員的心中始終以讀者為出發點，想攻下審查委員的心，就得時時刻刻想著讀者的需求才行。若是包含讀者審查的公開徵稿大賽呢？那麼，不考慮讀者需求就一定會失敗！

若是如此，我們該如何抓住作品大眾性呢？必須徹底調查**流行關鍵字、趨勢**才行。要時時刻刻關注自己寫的小說體裁正在流行哪些關鍵字，然後哪些關鍵字已經退了流行。比起「這世上絕無第二的獨特性」，網路小說世界是一個更重視，以及認可「廣泛大眾性」的市場。

　　那麼，只要把流行關鍵字放進寫作裡就好了嗎？當然不是！若盲目追求潮流，作品最後只會得到「也不怎麼樣」的評價。這時候需要的就是**創意性**。要在讀者熟悉的「世界觀＋陳腔濫調＋流行關鍵字」的公式裡，展現出作家獨特的新鮮感！可以區別自己和其他作品的趣味性，正是公開徵稿比賽所期望的個人特色和創意性。

　　以獲選2019年「NAVER地表最大型公開徵稿大賽（네이버 지상최대공모전）」的浪漫奇幻體裁作品為例吧！仔細端詳獲選作品就可以發現其中的共通點。作家們都適當地在小說裡使用了流行關鍵字，這從作品標題就能看出來。

《**安全離開那男人的方法**（그 남주와 안전 이별하는 방법）》（**優勝**）	包含＃離別、＃再婚、＃離婚等流行關鍵字的標題
《**以為是絕症患者**（시한부인 줄 알았어요）》、《**將公爵的孩子藏了起來**（공작님의 아이를 숨겼습니다）》、《**為了報仇的結婚同盟**（복수를 위한 결혼 동맹）》	讓人聯想到＃絕症患者、＃育兒、＃報仇、＃契約結婚等流行關鍵字的標題
《**拒絕開花**（꽃이기를 거부한다）》	令人預期＃Girl Crush等女主角積極活躍的標題

📶 沒毅力就別想得獎了

　　你有看過哪個人不買樂透卻中獎的嗎?想中樂透,就要帶著一千或五千韓元去彩券行。公開徵稿大賽也是一樣,只有持續挑戰投稿的人才有可能獲獎。

　　其實說來簡單,做起來並非易事。密切注意公開徵稿比賽的簡章何時公布是件繁瑣的事。撰寫劇情概要、寫出足夠投稿大賽所要求的份量等,也讓人費盡心思。審查結果公布前,絞盡腦汁都是無可厚非的事情。

　　我投稿了NAVER地表最大型公開徵稿大賽,但很可惜,卻沒有在獲獎名單上看到我的筆名。

　　「嗯?怎麼會沒有我呢?不可能會這樣啊。」

　　一開始都會懷疑是不是自己看錯,因為總是相信,只要評審看了我的作品就不可能不選我!一旦到了這個階段,就會開始對落選結果不屑一顧。

　　「評審還真沒眼光。哼!以後別後悔沒選我!」

　　儘管想裝做一切沒事,憤怒卻遲遲無法消散。總覺得落選是因為某個人對自己下了詛咒所造成的,或是命運對自己開了個大玩笑。

　　「已經分析了最近的潮流,還將所有精力都用在小說的開頭部分,為什麼還是落選呢?難道是我沒有天份嗎?我果真沒有寫小說的資質嗎?」

　　作品什麼的,管他那麼多,現在只想放棄一切。既傷心又冤枉,真想大哭一場,有時還會真的哭了起來。經歷了痛苦的挫折後……依舊再次提起筆,繼續寫作。

要無數次反覆經歷這種過程，才會在公開徵稿比賽中得獎。寫小說在別人眼裡看來是一種才能，但其實是一件需要毅力才做得到的事。要在每一次失敗和宣洩憤怒以後，又再次提筆寫作的堅持不懈，也是一種能力。想擁有這種毅力，就不能過度沉溺於失敗喪志當中。

「會成功的人怎樣都會成功。我就不是這種人，我怎麼可能會成功？別自作多情了，還是早日放棄吧！」

你如果這麼想的話，就真的不會成功。你真的想放棄寫小說嗎？不對，應該說，寫小說真有那麼容易放下嗎？想著自己怎樣都會失敗，卻同時期望自己成功？這種想法合理嗎？想吃人人妄想的果實，就要有更強的韌性及堅持，生存下去才行。

公開徵稿比賽落選不代表一切完蛋，只要修改稿子重新投稿，或是投稿其他公開徵稿大賽就行，也可以在免費連載之餘等待出版提議。就算作品落選，寫作的過程中獲得的實力增長也都會是你的資產。

我在公開徵稿比賽中嚐到失敗的痛苦滋味後，回頭反而得到NAVER的出版邀請，原本以為沒有出版下文的作品，就這樣與N.fic簽約了。這部起死回生的作品以《讓我們一起泡澡吧！公爵》之名，在NAVER SERIES曾經創下下載次數超過一百萬的紀錄。雖然非常短暫，但這部作品曾經擠下曠世巨作《再婚皇后》，成為即時排行榜第一名。

公開徵稿大賽並非懸崖峭壁，落選也不等於被人推到懸崖下。只是落選一兩次就懷疑自己的作品？這種悲觀的想法只會把人生消磨殆盡而已。

要懂得相信自己。有誰會信任不被作者本人相信的作品呢？**所以，要相信自己總有一天會成功，一步一腳印往前走。**只有走完道路全程的人，才會知道盡頭長成什麼樣子。

08

有成功投稿的秘訣嗎？

百分之百在出版社成功投稿的訣竅！

　　久等了，勇士！終於決定要投稿了呢。讓我們一起越過名為「劇情概要撰寫」的高山，戰勝拒絕郵件，然後達成出版簽約的目標吧！先來解決新手作家好奇的問題！

　　提問一 **需要寫完整部作品嗎？**

　　NO！完成出版社要求的份量即可。以五千字為基準的話，大概就是十章左右。當然，你也可以等整部作品都寫完再投稿，但我不太相信出版社會把整部作品都看完。

　　提問二 **可以同時投稿好幾個不同的出版社嗎？**

　　YES！可是，即使重複投稿，一次投稿好幾間出版社是大忌。不會有哪個出版社編輯喜歡看到收件人目錄中羅列著Ａ出版社、Ｂ出版社、Ｃ出版社等。一封郵件就寄一間出版社就好！這是出於對出版社的一種尊重。

提問三 要去哪裡找可以投稿的出版社？

你撰寫哪種小說體裁，就去流行該體裁的平台上找。「希望我的作品也跟這部作品一樣紅，我想跟出版這部作品的出版社簽約。」那就把這些作品和出版社一一列出來吧。

上網搜尋「出版社名字＋投稿電郵地址」，就會出現相關資訊。出版社官網或部落格，也是確認這些資訊好管道。

提問四 投稿成功的話一定要簽約嗎？

NO！先等等看其他出版社的回覆。比較一下每間出版社開出的條件，也看一下合約書內容。只要向出版社取得考慮的時間即可。

提問五 聽說投稿作品和出版邀請作品之間有差別待遇，是真的嗎？

NO！雖然我也有聽過類似的憂慮，但我自己沒有這種感覺。只要簽了約，作家和出版社的目標都是一樣的，那就是讓作品大賣，提高銷售額！差別對待作家對出版社沒有什麼好處。不過，當出版作品太多的時候，出版社是有可能無法顧及所有人。對待一出版新作就賺一億韓元的作家以及無法考證實力的新人作家，出版社的態度也確實多少會有點不同。

📶 投稿順序，相信我，跟著我做就對了！

請按照以下順序進行投稿。

1. 決定投稿出版社

投稿出版社不需要非大型出版社不可。在簽約以前，你很難知道哪家出版社會真心對待、推銷你的作品。試著列出想投稿的出版社目錄吧。

2. 確認各家出版社的投稿形式、電郵地址

劇情概要不要寫得太長，也必須把稿子和劇情大綱修改到足以吸引出版社編輯。

3. 撰寫投稿郵件

很多作家都會在郵件結尾寫上「在此投稿」，但我有不同的意見。投稿郵件是出版社對作家的第一印象，最好簡單明瞭提供投稿體裁、作品名稱、稿件份量、作家經歷等資訊。也可以提及該出版社曾經出版過的作品，表達自己對該作品的喜歡。

4. 等待回覆

這是最煎熬的階段！快的話會在七天內收到出版社的回覆。但一般都是二至四週，情況特殊時，可能會等到一個月以上。有些出版社會先回覆作者，告知作品已收到，並說明內部審查所需時間等資訊。雖然有的出版社會以「無回覆」的形式來拒絕作品，但這種出版社近年來已經變得很少了。

5. 投稿成功！

「請和我們簽約吧，作家！」收到正面回覆的郵件？遇到以上情況時先別急著簽約，因為之後可能會收到更好的出版社所給的回覆。

若投稿好幾間出版社都成功呢？不必一定要簽約第一間回覆自己的出版社，先詢問出版條件，審閱合約書。只要投稿成功，作家就是甲方。所以請仔細衡量，慢慢挑選後，再簽約吧！

6. 若全是拒絕信呢？

從劇情概要開始修改，然後重新投稿！

📱 投稿的核心訣竅，記住這個即可！

想要成功投稿的話，請務必記住以下幾點。

1. 商業價值決定投稿的成功與否

出版社不是贊助藝術行業的集團。出版社投資的金額包括封面製作費用、校正費、人工費、營運費、其他雜費等，所以他們只能選出有潛力賺回投資金的作品。對出版社而言，讀者想看的作品，在銷售市場賣得好的，以及最近流行的作品等，這些都是投稿的重點。

非主流、過度新潮的嘗試，以及繁重又複雜的句子，都會讓你很難收到出版社的正面回覆。就算投稿成功，出版社也可能會要求你大幅修改作品，到幾乎是要重寫一部新的作品。不過，出版社編輯都有自己的喜好。所以，還是有不少案例是以非主流題材投稿成功。

閒聊一下

若寫的是非主流題材，文筆就要達到主流水準以上才行。

2. 體裁和主角越鮮明，成功機率越高

出版社很討厭設定模糊不清的作品。男性向或女性向等作品取向的界定不可以模稜兩可，也不能讓讀者搞不清

楚主角是誰，主角的目標必須很清楚才行。那麼，應該怎麼寫才好呢？

> **體裁**→要清楚到讀者閉著眼睛也能分辨
> **主角**→要留意主角出現的比重，才不會被配角壓過
> **主角的目標**→要鮮明到足以帶領整體故事的走向

3. 拒絕信的陷阱

「你的作品太糟了！不但缺乏基本功，角色也很無聊。竟然還想拿這種作品投稿出版？到底有沒有良心啊？」

世上不會有這種拒絕信。因為誰也說不準哪個作家，會在什麼時候爆紅，所以出版社沒必要給別人留下糟糕的印象。

「文筆很優秀，故事也很有魅力。不過您的作品和敝社選稿方向有所出入，因此無法與您簽約。」

拒絕信的特徵就是，先給予稱讚，之後再委婉拒絕。不要被這些安慰迷惑了。如果你的作品真的會大賣的話，你根本就不會收到拒絕信。

我不建議將稿件修改後，重新投稿同一間出版社。因為如果你的作品修改即可，出版社早就會提議簽約了。一

定要記得，出版社建議你投稿其他作品，一般也都屬於拒絕信常見的內容。

閒聊一下

　　儘管難以相信，但出版社不太喜歡文學性高，或是過於講究句子的作品。因為這類的作品大部分都是作者為了滿足自己才寫的，並不是為了讀者。越是講究句子的文藻，故事的發展就會越慢，節奏也會變得不夠緊湊。不過，如果小說本身夠有趣好看的話，還是有機會簽約！

4. 想取得作品的反饋？

　　大部分出版社基本上都會給拒絕信，只是有些出版社還會很有誠意地附上作品反饋。然而，給予反饋屬於出版社的好意，而非義務。所以，不可以因為某間出版社沒有給反饋，就拿它跟其他間出版社做比較，並數落該出版社的不是。若真想知道編輯對自己作品的看法，也可以在投稿時就鄭重請求編輯給予反饋。

　　小說並不會因為被 A 出版社嫌棄就完蛋。A 出版社認為的缺點，在 B 出版社眼中可能是個優點，不要受單一個人意見影響太深。但如果是好幾個出版社都點出的問題，那就一定要修改，因為他們都是這個領域的專家！

09

為何要進行免費連載？

只有新手作家不知道的免費連載優缺點

「為什麼要我把費盡苦心才寫出來的作品，免費給別人看呢？給錢讓我賣掉都還嫌不夠呢！」

剛開始寫網路小說時，我不知道為何要免費連載自己的作品。「不該是要把免費連載的時間拿去投稿公開徵稿比賽嗎？投稿不是比較有利嗎？」、「可以免費看的作品會有誰想花錢買來看？」等問題也曾在我的腦海中盤旋過。

免費連載看似是虧本的生意，但它比想像中還要有更多好處，不單只是為了拿到出版社的出版邀請而已。

免費連載的超級好處，錯過就太可惜

1. 能夠立即掌握讀者反應

免費連載可以讓你即時確認自己的作品是否引起大眾共鳴。**這是考驗各種作品的商業價值、大眾性的一個絕佳機會**。連載到一定程度後，你大概就會知道讀者喜歡什麼、討厭什麼。也可提醒自己，抓不住讀者目光的作品就

會遭到埋沒的現實。

留言和推薦會為寫作帶來動力。「小說超級好看！」、「正在苦等下一章！」、「請連續連載作品吧！」這些鼓勵人心的留言都會讓人綻放如花的笑容。讀者的批評也會讓人受益匪淺。

2. 寫作速度會變快

想靠免費連載吸引大批讀者，**就必須持續上傳作品**。每週連載五章，甚至一週上傳超過五章的作家多到不在話下。

連續連載作品會提高點擊率和喜歡作品的訂閱數。為了那些等著下一章的讀者，為了遵守連續連載的約定，再怎麼不想動筆，你還是會逼自己把東西寫出來。寫作速度也就會比自己埋頭苦幹地寫，還來得更快。

閒聊一下

連續連載意指同時上傳好幾章小說。

3. 會收到出版社的出版邀請

免費連載一段時日後，會收到出版社提議簽約的聯繫，也很可能會收到來自好幾家不同出版社的邀約。選出合意的出版社，然後簽約吧！當然你也可以拒絕出版提議，把稿件拿去投稿其他自己想合作的出版社。好幾位編

輯都眼饞的作品，投稿成功率是很高的。

4. 會賺錢

若透過免費連載擄獲一大批讀者的話，作品就很有機會轉換成付費連載，以此賺到錢。活躍於MUNPIA的男性向小說家們，大多偏好這個路線。因為免費連載轉付費連載，不需要接受宣傳活動的審查，且手續費也相對較低，只需靠作品的趣味性來一決勝負。

免費連載的成績越好，之後也越容易通過宣傳活動的審查。而且有參與平台宣傳活動的作品，創造出高收益的機率也較高。

5. 雕塑文筆

寫網路小說時必須懂得作者與讀者之間的默契，理解讀者。然而，作者很容易活在自己的世界。這時只要作者開始免費連載，就算不喜歡，你也會不自覺地開始在意讀者的看法。

想在競爭激烈的連載平台裡生存下去，就不得不熟悉流行關鍵字分析法、下標題的方式以及寫作品介紹的方法等。要怎麼寫讀者才會喜歡呢？經過不斷思考後，你的文筆自然會越來越好。

然而，這些免費連載的好處也可能瞬間變成缺點。請做好心理準備，讓我們一起來看看免費連載的缺點吧！

📶 免費連載讓人流血又流淚的壞處

1. 深受讀者反應折磨

點擊率20、推薦1、留言0，拿到這種寒酸的成績，會讓人難過得肝腸寸斷。看著擠進二日暢銷榜前段班，喜歡作品訂閱數一次都是一萬、二萬人數地增加，就不禁大感慚愧。難道我寫的小說很糟糕嗎？我該放棄嗎？一天便陷入好幾次這種苦惱。如果還出現負評，別說是作品了！根本連筆都無法握！

「沒有個人特色，好幼稚。」

「男主角超級無趣，女主角太可惜了……」

這種程度的負評還算是可愛的，有時候還會出現想讓人向網路搜查隊申訴的惡毒差評。扣作品評價的惡評也讓人受盡折磨。

傾聽讀者的話以及受讀者左右是兩回事，所以有些作家會在連載期間關閉留言板功能。

2. 連載帶來的疲勞

對寫作速度緩慢的作家來說，連載無疑是一大壓力。有效率並且規律地產出文章，說得容易做得難。有兩份工作或兼職的話，連一天要寫一章都會很吃力。讀者們大聲請求著連續連載，卻生病休息了幾天，結果喜歡作品的訂閱數就變少了。

汲汲營營忙著連載，不僅會搞壞身體，還會降低作品的完成度。

3. 沒收到出版社的出版提議

一天確認信箱收件匣好幾次，卻沒收到任何來自出版社的消息。不論是新手作家還是現職作家，只要沒收到出版社的聯繫，自信心總是會下降。為什麼連看也不看一下我的作品呢？投稿也失敗的話該怎麼辦呢？眼前一片擔憂和恐懼。

焦慮，對作家來說是一種毒。不過，明知如此卻仍時常提心吊膽，這正是作家的命運。

4. 賺不了錢

沒有出版邀請，作品點擊率也很慘淡，還談什麼轉換付費連載？短說好幾個月，長則一年以上，花了那麼長的時間，費盡心血地寫作，卻可能連一分錢也換不到。

免費連載的表現不佳，出版機會就會降低。想要通過宣傳活動的審查，也會變得像天上摘星般困難。不只是付費連載困難，電子書市場對新手作家更為殘酷。作品只值炸雞還是咖啡價？雖然事情不到最後不好說，但免費連載期間未放異彩的作品，卻在付費連載時突然爆紅？這種情況實在不多。

5. 感受到文筆的侷限

故事開頭並不難寫，只要將故事設定好，讓主要人物在對的時間點登場，就寫得行雲流水。但是到了中間部分，事情卻變得不一樣了，你會遇到不知道該如何下手的迷惘時刻，想修改作品卻因為正在連載，而無法輕易更動。

若再加上讀者反應不好，作品和精神狀態會同時崩潰，原先喜歡作品的訂閱數也會隨之下降。比較自己的作品和其他人氣小說，便會陷入一種病叫做：「我的作品爛透了」。

📱 你需要免費連載的理由

看了這些缺點後，覺得免費連載太給人壓力了嗎？不好意思，目前提及的這些缺點，是所有網路小說家在任何時候都會遇到的考驗。你肯定會因為負評所以晚上睡不好覺，還得觀察自己抱著野心出版的新作，是否會不受歡迎而默默消失在市場上。

那些不分平日和週末，每日敲打鍵盤的日子，以及飽受疲勞的身體等，都是名作家也避免不了的痛苦。你必須做出選擇，看是要戰勝這些還是要放棄。

「等文筆變好再來連載。我的精神狀況更重要。」

「我不適合連載。來等等看公開徵稿吧！」

如果因為免費連載，使得寫作本身也變成一種壓力，那就不必硬著頭皮進行免費連載。只是，**如果我可以回到新人時期，我一定會從免費連載開始寫作這條路。**

我放棄自己耕耘十年以上的純文學小說，轉換跑道寫了《世子嬪的大膽秘密》後出道。我從未給其他人看過那六十五萬字的稿子，八個月以來就一個人埋頭苦幹地寫。那時我根本不知道什麼是免費連載，什麼是平台。

在公開徵稿大賽獲選後，又再次一個人埋頭寫第二部作品。那時也覺得這麼做沒什麼問題，因為出道作品賣得還不錯。之後我卻在公開徵稿大賽中陸續落選，當時的我也不清楚原因，就連出版社負責人對作品的反應也很平淡。心想不能再這麼下去了，於是停筆不再寫這部作品。丟掉已經寫了三十萬字的作品後，我因為覺得太可惜所以哭了出來。

寫第三部作品《如夢似擁月》時也沒有進行免費連載，給當時負責人看了劇情概要後，馬上就簽了約。還幻想著可以在NAVER正式連載後，翻拍成電視劇。

當時我以為這個幻想有可能成真。將二十萬字的稿件拿去投稿NAVER，卻等了五個月還是無消無息。那時候剛好KAKAO PAGE發布了《世子嬪的大膽秘密》。所以那是我生平第一次看到讀者的反應，看著一個個的留言，我終於知道自己錯過了什麼。

「這也太無聊了吧？我的男主角竟然這麼差勁？」

雖然想馬上修改，礙於當時已經出版了紙本書，便沒能如願，此時還收到《如夢似擁月》在NAVER審查時被淘汰的消息。其實，我知道我需要試著進行免費連載，但就是提不起勇氣。讀者評價自己作品這件事，實在太令人害怕了。

「把老本都賠光了的話該怎麼辦？被宣告沒有任何希望的話怎麼辦？是不是要回頭寫純文學作品？」

綿延不絕的煩惱之餘，我開始在JOARA上連載新作品《Evangeline結束後》。那是我第一次嘗試免費連載。雖然跟大家一樣害怕，我還是決定去碰撞看看。那時候我明明是入行三年的網路小說家，卻不知道什麼是喜歡作品訂閱？什麼是連續連載？

　　即使看到好玩的留言也會開懷大笑，但只要作品排行名次一下降，心裡還是會顫抖不已。有時我會接納讀者的意見，但也會因為作品被罵，刻意維持原先的故事設定，不願做修改。即使很慢，但我還是一點一滴地慢慢熟悉連載的形式。這些都是我一個人埋頭苦寫時不知道的事情。

　　雖然我曾經打進二日暢銷榜的前段班，也有累積一萬左右的喜歡作品訂閱數，還收到出版社的出版邀請，但我最後還是透過投稿出版小說。

　　說起來有點慚愧，但我在免費連載以前，沒怎麼看過網路小說，也不懂什麼是關鍵字。因為對流行一無所知，所以不曉得自己的小說題材，已經陷入了所謂的氾濫危機。其實我以前一直認為按照自己的文筆，我的文章肯定會受歡迎。那時候因為出道作品賣得好，整個人就變得非常自得意滿，完全不知道自己其實只是運氣好。

　　這是專攻文藝創作、寫作生涯長、對自己文筆有自信的作家們，很容易犯下的錯誤。他們都以為不需要研究網路小說是怎麼一回事便能無師自通，偶然成功一次還有可能，運氣好的話還可能讓你成功兩次。但是，不可能靠這種方式以網路小說家的身分繼續生存下去。

透過免費連載，我總算看清現實，同時累積許多實戰
經驗。雖然提升水準需要費盡苦心，但一次也好，希望你
也能嘗試看看！

第二章

揭開讓出道作品爆紅的 寫作技巧

本章整理了能夠立刻運用的網路小說寫作技巧。

請記住還有另外一章特別說明賺錢的部分。

現在開始一起來寫抓住讀者目光的網路小說吧。

不知道該寫些什麼好？

簡單到出乎意料的超讚題材尋覓方法

　　讓我們正式開始寫小說吧！要寫些什麼內容呢？哪些故事會吸引讀者？要從能夠撥動讀者心弦的題材開始找起。

　　腦海中依稀浮現一些想法，卻不曉得從何寫起嗎？或者總覺得題材過於老套，就像從其他地方抄來的？

　　點子本來就如閃電般出現後，又如海市蜃樓般快速消失。好的題材不會無緣無故從天上掉下來，即使你豎起所有感官來感受四周，也不見得找得到像樣的題材。好不容易覺得某個點子不錯想立刻寫下來時，頭腦裡的東西卻總是突地從指縫間溜了出去。

　　要怎麼做才能找到很棒的題材呢？

> 「作家不會遺漏任何東西。」
> ―亨利・詹姆斯（Henry James）[1]

無論是想法、經驗還是知識，只要遺漏任何一項，寫作生涯就算結束了。讓我們像在倉庫裡貯存禦冬所需的燃料和糧食一樣，有條有理地搜集題材吧！

📱 寫自己熟悉的事物

　　作家如果寫些自己不懂的東西，一下就會被識破。不但句子會看起來紊亂，事件的開展也會看起來很牽強。就像穿著不合身的衣服站在舞台上的模特兒一樣，擺什麼姿勢都覺得很彆扭，比作家更聰明的讀者們沒道理看不出來。

　　如果你是剛開始寫網路小說的作家，請先**學習如何從周邊環境尋找具有故事「感」的題材**。沒有哪個題材打從一開始就很耀眼，找找看別人不知道的，且只有自己才看得見的細節，即使不是什麼厲害的細節也沒關係。

　　如果是自己喜歡的寫作素材會更好。作家需要練習將親身經歷過的事件寫進小說裡，單純說明只會讓小說顯得很無聊。必須描繪事件發生當天的空氣、味道、**觸感**等細節，同時盡量在小說裡自然地展現作家的個人色彩！

　　我時常向新人作家強調**分析潮流**的重要性。請銘記在心！不要錯過潮流，是指我們要掌握讀者的需求，而非反

1　編註：亨利・詹姆斯（Henry James，1843—1916），美國知名作家，著有《美國人》、《華盛頓廣場》等。

覆寫大家厭倦的老套故事。

不得不去寫賣座的題材？那種題材不僅不好寫，寫出來的作品也賺不了多少錢。你若不是只想試水溫一兩年，那麼寫出來的作品就要有屬於自己的特色，還要讓讀者感受得到。

「這位作家的作品有○○的魅力，這位作家的○○真的很棒。」

請尋找你熟悉的故事，以及真心喜歡的題材，讓故事的種子發芽成長為美麗的大樹吧！

我的第三部作品《如夢似擁月》是在江華島旅行途中，經過燕山君流放地時，構思出來的故事。燕山君臨死前所居住的小房子後方有個古老的水井。

一生嬌貴的燕山君[2]應該也會親自從井裡打水來喝吧？站在水井前的曠世暴君，內心在想些什麼呢？隨著這個疑問的出現，我便開始動筆寫這部小說，將冬日喬桐[3]的淒涼氛圍和鬼神的意象結合在一起。

作家的經驗很適合當作寫作題材，若是當今的人事物，故事張力會更強。便利商店打工仔、高爾夫球場球僮、營銷人員、公寓管理員、補習班講師等各種職業都沒關係。只要能夠好好運用個人經驗，不管是哪種經驗都能成為優秀的題材。我敢保證，**不會有任何經驗是對作家沒用處的**。

📱 觀察、做筆記

如果想把題材庫裝得滿滿的，就要懂得做筆記才行。人的記憶力沒那麼厲害，**不想失去好的題材，那就一定要養成做筆記的習慣。**

《記事的技術（메모의 기술）》作者坂戶健司曾說過：「做筆記是為了之後能夠重新觀看和運用。」不會再次觀看和使用的筆記，就像是過了保存期限就會被丟棄的罐頭。

然而，有做筆記的習慣不代表一定可以找到厲害的題材。想徹底地運用筆記，就必須懂得有系統、效率地做筆記。我在成為作家之前就已經是個筆記狂人，最近主要使用的工具是 Google 文件。還沒有智慧型手機之前，我都會隨身帶著筆記本、便利貼，也會事先在每個包包裡放一支原子筆。如果沒有筆記本，就會在收據背後或竹筷子包裝紙上做筆記。沒有原子筆的話，我就會用指甲把筆記刻在紙上！

或許我是因為如果記不住所有的生詞、打動內心的一句話，或是讓人起雞皮疙瘩的社會新聞等就會容易著急，所以才這樣做筆記的吧？

除此之外，自己與時隔十年又再次相見的朋友，兩人之間的對話，和媽媽一起去參觀的啤酒工廠景象，在地

2 　編註：燕山君（李㦕，1476—1506），是朝鮮第十代君王，也是朝鮮著名的暴君，其在1506年中宗反正的事件中遭到廢黜，故無廟號等，僅稱「燕山君」。

3 　譯註：江華郡喬桐島（교동도）。

鐵上遇見的孩子手上拿的海豚氣球等都是寫作題材，這世界可說是充滿題材的天地啊！我曾經在遇見無理取鬧的超市客人後，構思出某個小說人物；還曾經在下雨天開車兜風時，突然看到某個電影場景，腦中便突然冒出了寫作點子。偶爾還會在夢裡找到題材，這些都是不記下來很快就會消失的題材。

當時做的筆記以及做筆記的習慣，都成為我現在堅實的資產。以下是根據我個人經驗整理出來的筆記秘訣。

徹底運用筆記的秘訣
- 任何時候都要做好能夠做筆記的準備
- 動員視覺、聽覺、觸覺、嗅覺等所有感官神經來觀察四周
- 只從獲得的資訊中挑選你需要的
- 多運用照片、錄音
- 分別記下事實和作者自己的看法
- 有系統地把筆記整理後保存起來

作家就是要讓讀者看見那些不容易被看見的事物，要讓讀者相信作家創造出來的假想世界，讓他們沉浸在想像世界中的角色人物魅力。想做到這點，就要引起讀者的共鳴，不斷地尋找能夠刺激讀者想像力的寫作題材。

> **值得在觀察後記錄下來的人事物**
> - 適合發展成為個性指數爆棚的角色的人
> - 可以用在背景描繪上的空間圖片、配置圖、設計圖
> - 引發好奇心的情況、帶有劇情反轉的故事
> - 獨特的對話
> - 關於專業行業的細節、故事

📱 累積專業知識

話雖如此，我們不可能體驗世上所有事物，經驗肯定存在一定的侷限性，總不可能為了成為人氣作家，就決定這週去登頂喜馬拉雅山，然後下週去快遞物流公司工作吧？儘管想嘗試各種事物，但很多時候也會因為體力、金錢、心理等層面的考量，導致連試都無法試。但是你不需要為此擔心，因為不足的地方靠其他方式彌補就好！

我推薦你透過書本、講座來累積人文知識，訪問從事專業行業的人。覺得這聽起來像廢話嗎？那麼難道還有其他間接經驗可以獲得比上述更精準、確實的資訊嗎？

訪問別人對你來說很困難的話，那就多去參加可以認識各種不同人的活動吧。如果你是天生的宅男宅女？屬於很怕生的那種人？那就去看描繪從事專業行業的人的紀錄片、YouTube 影片、手記等。但是，你一定要記得一件事。

知道的 ≠ 要寫的

如果把知道的東西全寫進小說裡，那會完蛋的。就算一再地壓縮，在小說裡寫盡所有資訊，讀者還是會覺得很無聊。

「電視台的製作人一整天都在幹嘛？」

「很好奇足球選手的復健訓練制度！」

幾乎沒有讀者會好奇這些事。但這些卻是身為作家不能不知道這些事，所以要充分調查資料，如此一來就能從中找到可以事件化、角色化的細節。

背景調查做越多，越容易寫出讓讀者失去興趣的內容。背景知識就只是背景知識，會喜歡看這些的大概也就只有作家本人了。

閒聊一下

一定要記得，網路小說的句子要有策略地去寫，才能抓得住趣味性。

我延伸書寫《如夢似擁月》的內容時，看了申東埈（신동준）博士的《為燕山君的辯解（연산군의 위한 변명）》一書。因為看了這本書，我才知道原來朝鮮王朝實錄是有錯誤的。歷史大多是勝利者的紀錄，燕山君時期的紀

錄，是打倒他的叛逆者（或稱革命者）所寫的。

　　燕山君真的是史無前例的人渣嗎？為什麼他會突然做出瘋狂的行為呢？我又因此再多讀了幾十本寫關於燕山君的其他歷史書，但我只把調查內容中極小的一部分寫進小說裡。作家**不是靠資料，而是靠故事來吸引讀者**。

📱 把題材孕育成作品

　　就算把題材庫堆積得滿滿的，如果沒有去運用這些題材，東西也只會變得一無是處。寫了有趣的題材作品卻沒紅起來，那就要把題材寫得更有趣、更動人。

　　不要把當日取得的題材馬上拿去寫，偶爾也要像等母雞孵蛋一樣，懂得等待題材孵化成功。不過，當然不是叫你無期限一直等下去。

　　透過以下方法，一點一點地準備作品需要的題材吧。

1. 具體想像題材，直到腦中只會浮現一幅畫的地步

　　模糊的題材只會寫出模糊的故事。展現虛無的世界需要具體的想像力，你要有辦法閉著眼睛也能清楚說明自己所創造的世界才行。如同看著圖畫描繪，彷彿親自聞到味道以及用手觸摸般，盡情地想像吧！

2. 用一兩句話整理題材

　　試著用「一句話大綱」去整理、說明題材，故事吸不吸引人一眼就能看得出來。想要有效率地向讀者傳達故

事，就要懂得壓縮冗長的內容。寫下不同版本的故事後，再從其中挑選有趣的！

所謂「一句話大綱（logline）」，指的是用一句話精簡整理出故事概要。

題材例子：被拋棄的少年、野獸、帝王

範例一　被有錢的父母拋棄的少年，結交了各種不同的野獸，靠著這些野獸的幫助成為帝王的故事。

範例二　連在奴隸市場也不受待見的獨眼少年，吃了野獸後吸收其力量，處決惡劣帝王的故事。

範例三　因為具有讀人心能力而被拋棄的少年，被野獸救起來後，成為帝王繼承者的故事。

3. 不斷問自己該如何改寫故事

某個題材感覺還不錯，但用一句話整理後卻失去了趣味性。該怎麼做才好呢？改變主角的能力？把故事背景從中世紀改為朝鮮時代？把野獸換成病毒？

為了讓平淡無奇的故事變得更引人入勝，每種方法都試試看吧！

4. 研究如何為更多讀者帶來趣味

雖然我們都希望其他人也喜歡自己喜歡的故事，但事情沒那麼簡單。如果你偏好非主流故事，務必更謹慎地審視題材，要時常思考某個題材是不是只有自己才感興趣，最好從更多讀者會拍手叫好的點開始找起。

閒聊一下

我不是叫你去硬寫自己不想寫的東西，你可以寫自己喜歡的內容，但要記得打通與讀者的溝通橋樑。

5. 思考如何發揮更多個人特色

如同不自覺被小眾題材吸引的作家一樣，有些作家只會泡在流行題材裡。只要找到自己熟悉的題材，就要不斷去研究該用什麼樣的方式來展現個人特色，因為讀者們喜歡流行，同時也會對此感到厭倦。

「又是被鬼附身？又是投胎？這個人又是皇后，那個人又是公爵耶？」

若不想聽到這種評價，就要拿出不同於他人的特色來

一決勝負（儘管避免不了）。但我還是推薦你在尋找題材的
階段，就要做好徹底的準備。

如何寫出好讀的句子？

十分鐘內寫出好文章的八大戒律

剛開始健身的時候常聽到一句話。

「不要用力過度。」

這句話也適用於寫作上。

不曉得是不是因為我也在寫純文學小說的關係，有時候我會想寫些充滿張力的句子。一旦開始寫這種句子，接下來就會不斷寫出類似的句子，但是用力過度的句子反而會造成讀者在閱讀上的不適。

網路小說的句子要**讓人讀起來很順暢**。不論你是寫男性向還是女性向的作品都一樣，是否使用流行關鍵字，寫的是小眾還是主流題材，這些都不重要。

有趣有什麼用？讀起來不順暢就掰掰了！我已經叮嚀過好幾次，網路小說讀者不會等你等太久。也就是說，自始自終最重要的還是**易讀性**。

文筆超好的句子＝易讀性高的句子

　　上傳美食餐廳後記在社群論壇，或寫部落格旅行遊記也都一樣。在推特或臉書上書寫日常生活時也是，無論如何一定要寫得讓人覺得好讀！

　　還有，千萬記得大部分的讀者都是用手機看小說！隨手拿著紙本書、報紙、雜誌的時代已經過了。**隨著媒體的變化，句子也需要有所改變。**手機上出現密密麻麻的字，只會讓人覺得呼吸困難。

　　故事內容再怎麼有趣，只要易讀性太低，就一點用處也沒有。冗長、艱澀、無趣的句子，只會讓讀者放棄閱讀自己的作品。儘管每個平台有些許不同，基本上一個畫面只能容納幾個句子而已。要用短短的幾個句子吸引讀者，那肯定是需要一定的技巧！

閒聊一下

　　我們的競爭對手不是綜合榜的暢銷書，而是YouTube、網路漫畫、遊戲、Netflix等。下班回家的路上，在客滿的地鐵裡用手機看網路小說的讀者，因為周邊環境嘈雜，再加上一整天上班後的疲勞，使得他們的眼睛十分乾澀。你覺得他們會想看哪種句子呢？

📱 絕對要寫簡短的句子

句子不夠簡短，就不用提什麼易讀性了，許多教學書都從書寫簡短句子開始教起。簡短句子是寫網路小說的必要元素，**因為閱讀速度很重要。**

寫短的句子容易，還是寫長的句子容易？乍看之下，短的句子會感覺比較好寫，但新手作家更常寫出長的句子。因為你需要有經年累月的內功，才有辦法把想傳達給別人知道的內容壓縮到很精簡。

想到什麼就寫什麼，會讓句子變得冗長，冗長得毫無意義，也會讓人搞不清楚作者想表達的內容是什麼，既不具經濟效益又不夠吸引人。

為什麼要把句子寫得簡短一點呢？因為句子太長很容易造成主詞混淆，而且文意不通的句子出現機率也會跟著變高，還會分散讀者的集中力。讀者們不會花力氣去理解又長又複雜的句子，他們只會放棄去讀這些句子。

句子寫的越短，就越不容易暴露缺點，文章的節奏也會變快，增加緊湊度。所以讓我們從簡短的句子開始練習吧！

📱 用句子的長度來加強文章的節奏

雖說簡短好，但絕對不是叫你只寫短的句子。而且，作家也不可能只寫短句，刻意把句子截斷，只會降低讀者投入在故事裡的程度。在避開不通順的句子為前提下，正

確地加上幾句比較長的句子。結合短句、中長句、長句，找出屬於自己的節奏。

文章的節奏感越強就越好讀。**節奏不在於重複，而是在變化中出現的**。對話形式雖然比較好讀，但因為只有幾個來來回回的短句，容易像演說般的冗長對話一樣，讓人覺得很無聊。無聊在網路小說界裡是大忌。

打拳擊時只輕戳對方幾下？應該要送給對方一個直拳，再用勾拳及上勾拳輪流攻擊才有辦法打倒對方。

📱 句子的結尾要有點變化

我曾經看著論壇上的句子看到笑出來，因為所有句子都是以「呢」做結尾。

新手寫的句子裡都會有反覆出現的一些固定句型，像是「然後……」，「雖然……所以……」等。

你有想過該如何處理句子的結尾部分嗎？不需要每個句子都以「了」做結尾。**可以寫疑問句，也可以用連接詞或名詞來結束句子**。簡單來說，就是不要過度重複句子的結尾。

📱 盡可能運用對話

你應該曾經聽人家建議要多寫對話，而非短文吧？對話的活用度無窮無盡。角色人物、背景描述、糾葛、高潮等都可以用對話形式展現出來。

光把對話寫好，也能完成優秀的小說。我通常寫了五句旁白後就會加入對話，一副要在引號中寫下人物的內心台詞我才會安心。比起旁白，我還是覺得對話更好看、有趣，所以每章小說裡面對話至少都佔了50％以上。

閒聊一下

　　對話的重要性，再強調好幾次也不為過，有些讀者會跳過許多內容只看對話的部分，甚至還漸漸出現對話式網路小說平台。

把作品寫到讓讀者只看對話，也能理解故事內容的程度吧！

　　也有必要研究有趣的對話，不僅是電視劇、電影、動畫片，家人和朋友間的對話都是很好的參考資料。該用哪種語氣、口吻來展現人物性格？出奇不意的提問有什麼特別之處嗎？怎樣的回答才會讓人耳目一新？想保持緊張的節奏？那就要不斷思考該如何在對話中注入活力。

　　「不要只會用說的，寫給我們看吧！」

　　這句話時常出現在教學書中，我要進一步說：「**不要只寫給我看，讓我聽聽看吧！**」讓具有魅力的人物說話，讓讀者聽見角色的聲音。

📱 只寫必要的句子

必須徹底衡量網路小說每個句子的價值。不論是幫助故事的進行，凸顯角色的特色，還是提升故事緊張程度，每個句子都得發揮作用。

果敢刪掉那些可有可無的句子吧！就算是必要的句子，若是太冗長或太無聊，也都要刪掉。為湊字數硬寫的句子，逃不過讀者的法眼。刪去不必要的句子也是好文筆的一環。

📱 別想耍帥

有時素顏比化妝精緻的臉蛋還更有魅力，網路小說正是如此。**只要寫出簡單、好讀的句子就夠了。**

別為了寫出華麗的句子而浪費時間絞盡腦汁，別忘記讀者想看的是故事。

讀者一眼就能辨識出哪些是為了耍帥才寫的句子，刻意引起讀者感動的句子也很容易被發現。作者自以為厲害的噱頭？對知識的虛榮心？讀者不會看不出來這些的。明明可以用簡單的字詞來描述，就不要刻意使用艱深的詞彙。這不會讓你看起來比較聰明，只會降低小說的易讀性。

> **注意！**
> 年長的女性讀者比年輕的男性讀者還更喜歡

唯美的句子。所以如果你是寫浪漫小說，以三十歲以上女性為讀者群的話，可能就要重新思考該如何寫句子了。

📶 減少連接詞、主詞

有人曾經拜託我去試讀他的第一本小說。我通常會在這種時候用各種理由婉拒對方，但因為是認識的同行不停拜託我才答應的。

小說裡的句子包含了好幾個連接詞，作者本人卻不知道自己使用了那麼多次連接詞，光把連接詞刪掉，句子就已經變得十分精簡了。所以希望你能脫離把主詞寫出來的強迫症。

就算沒有連接詞、主詞，也不會造成故事理解上的困難。[4]請相信讀者，讀者比作家想像中還來得更聰明。任何事皆是過與不及，建議在不會造成文意不順的前提下，適當刪減連接詞和主詞。

4　編註：韓語有省略主詞的習慣，例如「我吃飯」的韓文會說「밥을 먹어요」這裡直譯是「吃飯」，這裡作者是以韓文為主所提出的建議，不宜直接套用在中文，中文裡主詞相當重要，例如中文說「吃飯」也有可能是讓別人吃飯之意。

　　我基本上不寫連接詞，但偶爾會因為沒寫連接詞而丟了面子，特別是當我收到加滿各種連接詞的校正稿的時候。

📶 提升信賴度

　　錯字跟文意不通的句子，以及反覆使用單一字詞，都會讓作家和作品的讀者信賴度變低。

　　日本動畫式的翻譯、過度使用感嘆詞等也都會影響讀者投入在故事裡的程度。讓我們來寫大多數讀者都能看懂的句子，而非只有少數讀者才會為之瘋狂的句子吧！

　　「作家連字怎麼寫都不會？一點基本程度都沒有呢！」別讓自己收到這種評價，錯別字對現職作家來說也是個難題。即使作家和編輯火眼金光地想找出錯別字，但這些錯字都要等到出版後才會現出廬山真面目，必須實實在在地熟悉字體，才能提升作家和作品的水準。

　　我自己是買了Narainfotech錯字檢查軟體，韓字2018[5]以上的版本基本上都能安裝，也有些作家則是使用求職網站上提供的錯字檢查器。市面上有不少評價不錯的錯字檢查應用程式，請你多多運用。當然，也不可以完全仰賴這些科技軟體的幫助。

5　譯註：「한글」，類似於Microsoft Word的韓文文書處理軟體。

03

劇情概要，真令人茫然！

將你帶往前途、錢途，關於劇情概要的一切

　　如果你正在準備投稿的話，就要寫劇情概要，很多公開徵稿大賽都會要求繳交劇情概要。

　　「為什麼需要劇情概要？不是只要作品有趣就行了嗎？」

　　想像你自己是公開徵稿比賽的主辦方或出版社編輯，你必須從如梅雨季的傾盆大雨般湧入的無數稿件中，找出會紅的作品。而且很多作品是前半部不錯，但越到後頭就越來越沒勁，不是人物角色變得亂七八糟，就是突然出現敏感的社會議題。簽約不是一種冒險，所以即使是再優秀的作品，一旦牽扯到簽約，還是不得不慎重。

　　「這部作品寫得很像樣呢！人物角色、背景設定、題材等，都沒有漏掉任何一個。故事到結尾也維持一定的厚度！」

　　吸引人的劇情概要會提升別人對作品的期待值，反

之，鬆散的劇情概要則會讓人失去對作品的興趣。

劇情概要是作品大綱，也是誘惑的手勢。比起形式，增加作品的吸引力更重要，要最大化作品的優點來說服審查委員和編輯。

公開徵稿大賽和出版社要求的劇情概要大同小異，份量一般都在三到五頁。有些地方會特別要求幾頁以上或以下，所以還是要仔細確認一下。

作家自己也會需要劇情概要。若不知該如何下手寫作品的話，就先從劇情概要開始寫起吧！如此一來，你大概就知道自己想寫些什麼樣的內容。主角要多有魅力，怎樣的故事才會吸引讀者，作品的特點及優點是什麼等問題，就讓我們在寫劇情概要時，慢慢地思考做準備吧！

但是，**請拋下一開始就要寫出完美劇情概要的想法！**我曾遇過一些新手作家，光是修改劇情概要就花了好幾個月，小說內容連一個字也沒寫。這就像為了減肥，買了運動鞋，還請了個人健身教練，卻從沒去過健身房一樣。

劇情概要總歸一句就只是劇情概要，作品不需要完全配合劇情概要來寫。我真的看過很多作家，小說寫得行雲流水，卻對劇情概要沒轍。

劇情概要需要包含些什麼，以及要寫多少，一點概念也沒有嗎？別擔心，我會一個一個揭開關於劇情概要的一切！

📶 標題

「標題」掌控作品的成敗這句話一點也不為過。筆名可以隨便選一個，但作品標題一定要再三考慮。因為很多讀者都是從標題來決定要不要看小說。

檢閱劇情概要的編輯或審查委員們也都喜歡直接、吸引人、令人印象深刻的標題。一起來腦力激盪一下，想出直接又肉麻的標題吧！有時引發大家熱議的標題才好。

幫網路小說下標題的方法
1. 符合體裁。
2. 挑起讀者興趣。
3. 能展現精簡後的內容。
4. 放入流行元素。
5. 避免有翻譯口吻或過長的標題。

閒聊一下

有些作品維持一樣的內容，但改了標題後大受歡迎，由此可知標題的重要性！

📶 體裁

體裁要夠清楚明瞭，要確實設定好作品為男性向還是女性向、浪漫還是浪漫奇幻等。

> **決定體裁＝決定讀者群**

體裁模糊就等於讀者群設定不夠清楚。想讓作品成功，就得研究讀者才行。別寫為了作者自己的小說，要寫為了讀者的小說，這樣才有辦法脫穎而出。

> **注意！**
> 人物、故事大綱，甚至連標題都可以改，但如非重寫，體裁絕對不能改。

📶 作者

可以同時使用筆名跟真名，也可以只用筆名。

📱 份量

　　如果稿子是已完成的狀態，就寫整部作品的份量；若作品還沒完成，那就寫預計的份量。有些人會同時寫上預計的章數跟字數，最後寫完的份量比預計還多的話無所謂，但不可以比預計的少太多。

> **閒聊一下**
> 　　網路小說的份量不是用稿紙張數，而是用字數來做計算的。例如，一百二十章，包含空格數超過六十萬字。

📱 連載處／喜歡作品訂閱

　　如果是免費連載過的作品，就要寫上平台名稱和喜歡作品訂閱數量。如果不是，就不用寫，例如：JOARA ／喜歡作品訂閱數一萬。

📱 出版經歷

　　若有出版經驗就簡單寫一下，有出版紙本書或正規連載等經歷也很好，若有類似KAKAO PAGE的「等待即免費」宣傳活動的經歷也可以寫上去。

📱 企劃目的

　　只要寫構思作品時把重點放在哪個部分，預計達成的目標等內容即可。企劃目的要寫得讓審查委員或編輯感興趣才行。最好也補充說明自己的作品為何會賣得好，哪個部分與其他作品不同等。

> 範例：NAVER公開徵稿比賽用的《讓我們一起泡澡吧！公爵》企劃目的
>
> 　　NAVER是名符其實的最強網路小說平台，但很可惜，浪漫奇幻小說的讀者都聚集在「新黃屋（샛노란）」（「KakaoPage」的別稱）上。要怎麼做才能把這些泛黃的讀者吸引過來，同時又讓NAVER的讀者滿意呢？
>
> 　　《讓我們一起泡澡吧！公爵》就是在這個疑問下開始進行撰寫的作品。不但要好讀，故事開展速度還要夠快，也絕對不可以減少NAVER網路小說的核心指數：「浪漫」。
>
> 　　《讓我們一起泡澡吧！公爵》裡頭男女主角在不得不一起泡澡的特殊情況下，慢慢灑下愛情的種子，之後再開心收成圓滿的果實。

越看越令人心情舒暢的女主角，容易滿足讀者的需求。此外，男主角的執著和刺激的報仇、配角們對女主角的無條件支持等也都是觀戰重點。

如您所見，生動的場面演出和令人開懷大笑的幽默感、個性滿分的人物角色之間的化學反應等都說明了這部小說很適合被改編為網路漫畫。

📱 作品介紹

作品介紹是說明「這是什麼樣的作品？或這是關於什麼樣的故事」等問題。跟「一句話大綱」是類似的概念，但要寫得再更詳細一點。

作品介紹要包含主角、主要故事設定、主要事件、目標等內容，盡量寫得有趣一點。最好可以說明小說使用了哪種口吻。若說標題是魚餌，作品介紹就是魚鉤，要寫得夠引人入勝到不會漏掉任何一個讀者。

作品介紹在免費連載時也非常重要（重要指數乘以一百）。**讀者是根據「標題＋作品介紹」做選擇，這句話並不誇張。**審查委員和編輯也會特別仔細看作品介紹。寫下不同版本的作品介紹後，再從中選出最好的！

仰仗自己天使般的外貌，做出蠻橫猖狂
的行為後，被處死刑的配角 Evangeline，附身
在小說配角 Evangeline 身上的作家。受夠了
奴隸生活，代替女主角嫁進了公爵世家！

本想跟帥得不像樣的男二以及對 Evange-
line 愛不釋手的公爵，一起享受貴族生活的
說⋯⋯純真的神卻出現在眼前，說要給禮
物。

「我在創造世界的時候抄了作家您的小
說，為了表達歉意，我要給您一種超能力，
任君挑選！」

無人能及的煉金術、公爵家的寶物、公
主也想擁有的口才，還有出身秘密？神帶來
的驚喜可還真夠多。

過去除了美貌以外就沒有任何吸引人之
處的 Evangeline 華麗變身。是奴隸又是配角
的 Evangeline，究竟能往上爬到哪裡呢？

美貌、腦袋、超能力樣樣具備的Evange-line以及具有致命魅力的野獸型男Keitel，兩人的「地瓜」驅逐計畫！

📱 關鍵字

公開徵稿或投稿的劇情概要，通常都會要求寫關鍵字，**因為單看作品關鍵字，就能知道體裁、主要題材和主角特性等內容**。看了「轉生（책빙의）」[6]、「惡女」、「爽朗女」、「暴君」、「執著男」、「浪漫喜劇」等關鍵字，大概就能猜到是部怎樣的小說。「突襲任務（Raid）」[7]、「獵人（Hunter）」、「遊戲系統」、「霸氣（Munchkin）」[8]等關鍵字也是一樣。

網路小說對潮流很敏銳。讀者們喜歡自己熟悉的內容，出版社則想要會賣座的作品。為了避免自己的作品過時，你要豎起探測流行的觸角，千萬別使用過氣或沒什麼價值的關鍵字。

太常用的關鍵字也很危險，因為人氣題材會持續不斷地變化。所以，要不就是在流行時順水推舟，要不就要寫

6　編註：直譯是「附身書本（책빙의）」，其意指主角跳入一個自己創造的世界中，或是自己已知的故事當中，化身為其中的角色。

7　編註：Raid是遊戲用語，指多人角色扮演的連線遊戲中共同對抗一個敵人，或是多人玩家對抗軟體設定的虛擬魔王，近似「副本」。

8　編註：「먼치킨（Munchkin）」，該詞彙源自經典名著《綠野仙蹤》的小矮人Munchkin，現在用來形容動畫、漫畫、小說中異常強大的角色。

出帶領潮流的作品。

作品走小眾路線？就算作品主要的題材屬於小眾路線，關鍵字還是要混搭一些主流、潮流的元素才行。

如果不知道要選哪些關鍵字的話，請去參考RIDI-BOOKS的「關鍵字查詢」（附圖2-1），可以自由地選擇體裁、題材、氛圍、主角特性等。

📱 小說人物

有哪部小說的角色人物不吸引人卻成功的嗎？

讀者很瘋迷故事內容跟角色，帶領故事走向的主角要具備強烈鮮明的性格，而且要讓讀者投射自己的情感在人物上。

劇情概要不需介紹太多角色人物，不要浪費紙張去描述人物外表以及說明其過去。**最好把重點擺在角色本身的個性、特點、目地和目標等。**也可以暗示一下角色們抱持著哪種人生態度，在小說中是如何產生變化等。

避免寫其他小說裡也常出現的人物，若非寫不可，就請你加上該角色所具備的反轉魅力！

> 讀者討厭愛惹事生非的主角，也不喜歡他們過於優柔寡斷。過於把心力放在主角身上，很容易忽略反派角色。沒靈魂也沒有個人故

事的垃圾反派一點也不有趣。所以，反派角
色也需要個人特色。

📱 故事大綱

故事大綱只要自由地以四段（起、承、轉、合）或是
五段（開頭、糾葛、危機、高潮、結尾）轉折撰寫就好。

劇情概要的規定是一定要寫到故事結局。先透露故事
精彩處會讓作品變得很無趣嗎？拜託你不要擔心這種事，
因為劇情概要不是給讀者看的。

千萬不要把故事的反轉魅力，藏起來不讓審查委員和
編輯看到。用於公開徵稿和投稿的劇情概要，不需要按照
章數或一一把各種事件都寫出來，只要把焦點放在主角積
極達成目標的情節上就好。

不想自己的劇情概要被丟在一旁，就要把故事大綱寫
得夠好看。拋出誘餌、觸及反轉、加深仇恨糾葛吧！要讓
主角戰勝只有他才能戰勝的苦難，贏得費盡心力得來的勝
利。若寫的是浪漫小說，就要讓主角擊敗無數的逆境，最
終獲得幸福。

講到這裡還是不知道該怎麼寫嗎？那麼你可以去參考
電視劇或電影的劇情概要。為了抓住製作單位的關注，寫
劇本的作家們都在劇情概要中，透露了自己由汗水跟血淚
交織而成的努力。當然你要記得，網路小說和劇本還是兩
個不一樣的東西。

劇情概要通常被譬喻成指南針、設計圖、導航等。打算探索未知的世界，是否要先準備好指南針跟地圖？出自自己手裡的地圖，說不定還會引領自己前往寶藏的所在地！用吸引人的劇情概要來增加自信心吧！

📱 劇情概要

作品名稱	如夢似擁月	體裁	浪漫奇幻小說
筆名	鄭穆尼	份量	120章，65萬字
關鍵字	附身/穿越/紀實小說/朝鮮時代/宮廷浪漫/能力女/汽水女/救援女/受創男/直球男/暴君/命運般的愛情/男二是閻羅王/活潑/以汽水為主		
作品介紹	跟鬼住在一起，還跟鬼聊天的音樂劇演員張綠。 　　舞台恐懼症使得她連一個小角色都演不了，最後掉進燕山君死前使用過的水井而身亡。張綠的兒時好友也是閻羅王的夜摩，幫助張綠死後復活，但張綠醒來的時代卻是西元1502年的朝鮮王朝！ 　　未來的燕山君李㦕救了張綠。李㦕只是有著會危害人心的外貌而已，內心卻跟暴君牽扯不上關係。 　　到底他身上藏了什麼樣的秘密呢？好好的一個君王怎麼會發瘋呢？都怪以前準備音樂劇時把《燕山君日記》背得滾瓜爛熟，才讓張綠被誤會成是能預知未來的女巫。儘管李㦕下了強硬的命令…… 　　「把附身在我身上的惡鬼趕走。」 　　「我雖然想幫您，但我只是個平凡的女人。」 　　「妳從頭到腳都不平凡，難道朝鮮裡還有像妳這樣，在君王面前回話一絲不苟的婦道之人嗎？」 　　「我說了，我做不到！」 　　「這是御命，不容許妳拒絕！」 　　冥頑不靈的李㦕有著不可告人的秘密，作為一國之君卻每晚被惡鬼纏身，這該怎麼說出口呢？每晚李㦕都叫宮人聚集在距離自己三十步以外的地方，好讓自己獨自和惡鬼打鬥。之所以能撐到今天，都是託夢中那位女子的福。 　　「如今好不容易見到妳了，又怎麼能輕易地讓妳離開呢？只要能將妳留在身邊，不管是惡鬼還是暴君，讓我變成什麼都無所謂。」		

作品介紹	來回於夢境和時空的如命運般的愛情，這是未來燕山君和新版張綠水之間甜蜜的歷史改編作品。
企劃目的	如我們所看過的成功案例一樣，歷史浪漫體裁在電視劇、網路漫畫等都有無限的發展可能性。 《如夢似擁月》是一部以史實為基礎，加上附身、時空穿越等近期流行題材的歷史浪漫奇幻小說。主角雖然是朝鮮王朝最惡名昭彰的君王燕山君以及惑眾的妖女張綠水，但這部小說並沒有重複無數作品的老套角色人物設定，是展現全新面貌的燕山君以及活潑的張綠水，一起穿越現實和幻想的同時，帶領著故事的走向。 一個人的變化就能改變歷史，變化的開端始於命運般的愛情。《如夢似擁月》要展現給讀者的是那驚人的愛情和挑戰，雖然故事背景設定在甲子士禍（1504）的兩年前，但和現今社會的政治、權力、愛情等幾乎沒有不同。 讀者將會和挑戰命運的主角們一起成為朝鮮的擁王者。
登場人物	**●張綠（張綠水），25歲，女性** 是個美貌與能力兼備的音樂劇演員練習生，儘管成為明星之前有很好的學經歷，卻因為舞台恐懼症的關係，連選秀大賽都沒辦法參加。 出生為女巫的女兒，卻被母親以百年出現一次的濁魂（役使惡鬼，追趕神明）為理由而遭到拋棄，最後由奶奶扶養成人。但事實上，張綠是每三百年才會誕生出一名的明魂（追趕惡鬼，役使神明）。 雖然因為看得到鬼，常被人指指點點，卻以過人的親和力和溝通能力堅強地活了下來。不管什麼時候，都是個說話乾脆的樂觀主義者。 穿越到朝鮮的張綠遇見了李懌。李懌長得太像出現在自己夢中的男子。李懌要求張綠驅趕附身在自己身上的惡靈。張綠是否能成功地驅趕走惡靈，將廢君燕山君扶持為聖君呢？李懌果真是夢裡的那個男人嗎？ 「倘若燕山君原先不是個暴君的話？是因為惡鬼的關係才變成那樣的嗎？把惡鬼趕跑後又會變得怎麼樣呢？」

● 李㦖（燕山君），27歲，男性

被選為朝鮮王朝外貌最出眾，目前在位八年的年輕君王，是個兼具傲人射箭能力和知識的完美男人。以嫡子繼承王位不久的李㦖，完全不懂得理解和體諒他人，「我說的話就是法律，叫你打就打」的傲慢頑固君王。在張綠的幫助之下逐漸學習溝通的方法。

他有個不可告人的秘密。李㦖作為一國之君卻每晚被惡鬼纏身，這該怎麼說出口呢？每晚李㦖都叫宮人聚集在距離自己三十步以外的地方，好讓自己獨自和嗜血的惡鬼打鬥。之所以能撐到今日，都是託夢中那位女子的福。因為去打聽不知名的女人，而被冠上「君王為了找個藝伎而不務國家大事」的污名。在確定張綠就是夢中的那個女人後便決定娶她。

「如今好不容易見到妳了，又怎麼能輕易地讓妳離開呢？只要能將妳留在身邊，不管是惡鬼還是暴君，讓我變成什麼都無所謂。」

登場人物

● 夜摩（閻羅王），年齡不詳，男性

梵語是 yama，翻譯則為閻羅。是陰間十大王中的一位，第三百年的年輕閻羅王。透過業鏡可以看到人類的一生，有著呼喚寒風的神力。為了救張綠，違反陰間法律，以致於喪失該神力。

他喜歡肢體接觸，也愛開玩笑，是個誠實又純真的人物。但是，偶爾正經起來時又有不同的魅力。張綠是夜摩前世的愛人，三百年後重新投胎成人。如同在前世時無法失去她一樣，夜摩將張綠的明魂偽裝成濁魂，讓自己可以待在她身邊照顧她。因此每當張綠受到折磨時，夜摩就會充滿罪惡感，卻又不敢說出真相。

在穿越時空後，夜摩附身在尹謝玄身上，與他共用身體和意識。三百年後終於能夠再次觸摸到愛人的夜摩逐漸對尹謝玄的身體產生貪念。夜摩看不順眼李㦖這個帥君王。夜摩想要找回失去的神力，從張綠身邊趕走李㦖。

「由我來幫你趕走惡鬼。你這個不知好歹的臭君王，我會讓你再也不能靠近我的張綠！」

登場人物	**● 尹謝玄，25歲，男性** 被夜摩附身的美男書生，七品承政院主事。父親為營運夢月團商團和藝伎店夢花堂的富商，母親則是朝鮮女巫的第一把交椅。高大的個子和迷人的外貌跟夜摩幾乎長得一模一樣，像個雙胞胎似的。不過，性格卻和夜摩完全相反，是個正直又守禮的人，容易被附身的體質是天生的。 只要腦袋受到強烈衝擊，就會跟夜摩交換人格，但他從不怨恨搶走自己身體的夜摩。一開始還以為是夜摩的關係，後來才發現原來自己也愛慕著張綠，因此倍感痛苦。 **● 王圭，28歲，女性** 高麗王朝的最後血脈，是秘密結社八關會的掌門人。用來操控惡鬼的鬼字得活術之繼承者，也是濁魂的擁有者。偽裝成沉穩的老人，實際上卻是個美麗的女人。偽裝成醫女進入宮中，趁機接近張綠。 利用惡鬼將李㦀夢中的女人描繪成張綠的樣子，將張綠夢中的男人描畫成李㦀，藉此讓兩人陷入愛情。總是嘲笑著什麼都不知道，以為對方就是彼此命運的兩人。王圭就是將張綠拉到朝鮮時代的人，為的就是要利用張綠的明魂來完成報仇。 即使身上流著高麗貴族的血脈，卻過得比奴隸還低賤的生活。憎惡李氏王朝的她，聯合了奸臣，密謀反叛，試圖把李㦀變成暴君。 ＊八關會是從三國時代開始，在高麗王朝時以國家大事為名所舉辦的民俗宗教儀式。總共有天靈、五惡、名山、大川、龍神等五大人物。
故事大綱	**● 起** 作為〈音樂劇燕山〉的工作人員，張綠在燕山君的流放地掉進了燕山君死前使用過的水井而身亡。後來張綠接受閻羅王夜摩的幫助死而復活，但醒來的時代卻是西元1502年的朝鮮王朝！未來的燕山君李㦀救了張綠。都怪以前準備音樂劇時把《燕山君日記》背得滾瓜爛熟，才導致張綠被誤會成是能預知未來的女巫。李㦀下命要求張綠替自己驅除惡鬼。

李懌確定張綠就是出現在自己夢中的女人，和李懌做一樣夢的張綠也被他吸引，愛上李懌的張綠，決定為了他改變歷史。而附身在尹謝玄身上的夜摩決定這次一定要獲得張綠的愛，想救李懌的張綠和想將李懌趕走的夜摩，彼此意氣相投，決定一起去尋找八關會的八大神物。有了神物，夜摩就能恢復神力，趕走惡鬼。另一方面，想讓李懌變成瘋子後，強迫他退位的王圭跟奸臣們正在進行謀逆。

● 承

張綠為了避開要求自己馬上回宮的李懌，暫時成為藝伎。且張綠在李懌的幫助下克服舞台恐懼症，為了第一件神物參加藝伎大賽，在大賽中張綠以智慧和實力鎮壓全場。李懌給了她一個新的名字，叫做「綠水」。張綠在大賽中獲得第一名。

為了去找第二個神物，張綠和夜摩離開了夢花堂。李懌打扮得像是要去溫陽行宮似地跟著他們一起旅行。張綠借著明魂的力量，找到了第二、三個神物，張綠這時才知道原來自己不是濁魂而是明魂。夜摩雖然試著說服張綠，讓她相信李懌夢中的女人不是她，李懌也不是她夢中的男子，但是張綠就是不相信。為了遠離夜摩，張綠跟著李懌回到宮中。

● 轉

成為張綠水的張綠，一想到燕山君的暴政，就開始幫助李懌展開與燕山君不同的德政（獎勵韓文字、主辦表演競賽、廢除獵場等）。為了找第四個神物，張綠與幫助自己的醫女變得很要好。在得知醫女本人就是王圭時，受到了極大的衝擊。同時也得知自己在夢裡見到的男人不是李懌，而是王圭差使的惡鬼。

王圭利用張綠搜集到神物，試圖完成能讓朝鮮滅亡的咒語。張綠發現將自己呼喚到朝鮮的人是王圭，所以她下的咒語和自己是連結在一起的。因此，王圭可以透過張綠對李懌下更重的詛咒。知道自己成為了王圭的魁儡，還被用來折磨李懌後，張綠便偷偷離開了。

故事大綱

故事大綱

　　找到彼此的李懌和張綠，在確認彼此的愛之後，決定向命運挑戰。然而惡鬼的力量變得更強大，使得李懌陷入難以承受的絕境。奉天君說如果能夠找到代替李懌接受詛咒的祭物，他就有辦法救李懌。只有和李懌結了冥婚的張綠可以成為祭物。

　　知道王圭不會放過李懌，張綠於是決定偷偷去當祭物。就在張綠要奉上自己的性命時，中殿慎氏代替她成為了祭物。李懌雖然逃出了王圭的詛咒，卻戰勝不了罪惡感。得知自己懷孕消息的張綠，便敦促李懌別忘了自己作為君王的本分。李懌和張綠一起處決了八關會的會員和奸臣們。

　　透過慎氏遺書，張綠找到了最後一件神物。張綠將自己的身體當作碗，使用了第五個神物。找回神力的夜摩重新回去陰間當閻羅王。夜摩用業鏡看了李懌和張綠的一生。成為中殿的張綠以及成為明君的李懌，一起在全新的朝鮮裡創造太平盛世。

寫作速度慢，有沒有提高寫作速度的方法？

一日一萬字，加快寫作速度的必殺技

　　你的夢想是當專業作家的話，你就要有辦法寫得夠快。想賺錢就要「快速」寫「長篇」小說。

　　儘管作品完成度很重要，「**完成度高的作品在多久時間內寫完？**」這也是個非常重要的問題。排除那些名作，一年出版一部上百章長篇小說的作家和一年寫兩部各三百章小說的作家，其月收入肯定不同。也就是說，如果一位作家一天寫一章，然後一個月可以賺進一千萬韓元的話，一天寫兩章，每個月就會有二千萬韓元的收入。

　　當然，很少有作家能持續寫長篇小說，也很少人每部長篇小說都大賣。就算作品沒到暢銷的地步，但只要出版類型夠多，就能賺進豐厚的版稅。沒有人會事先知道哪個作品會紅。就像買樂透一樣，買三張總比買一張有更高的中獎機率。

寫作速度快的優勢

- 容易累積小說儲量，也因此時常連續連載。
- 一個作品失敗也不會造成太大的精神傷害，因為馬上開始寫新作品即可。
- 容易跟上潮流。
- 狡兔三窟，賺進版稅。

寫作速度慢的劣勢

- 只進行一次連續連載儲量就沒了。
- 時常執著於同一作品，所以當作品失敗就會覺得世界要滅亡了。
- 剛開始寫的時候，作品還跟得上潮流，出刊時卻已經退流行。
- 很難增加作品的多樣性，不容易和各種出版社打交道。

雖然很可惜，但是手速太慢對網路小說家是個致命傷。反過來說，手速快就是個非常厲害的優勢。有些作家的作品從來都不是大家都聽過的暢銷小說，但他們每年卻能賺進億萬韓元的收入。**他們就是那種不斷出版各種類別，且作品有一定品質的人。**我一開始的寫作速度也非常慢，這都要歸咎於寫純文學作品的關係。當時只要一個月內寫了八十頁稿紙的短篇小說就滿足到不行了呢。寫處女作《世子嬪的大膽秘密》時，花了兩天才寫出五千字，還

花了一整天的時間修改。

　　覺得這樣下去實在不行，於是我開始研究快速寫作的技巧。當時的我只要一天寫到五千字就會高興地跳起來，但那時我並沒有滿於現狀，開始變成一天寫一萬字，有時候甚至一天寫了一萬五千字。這種份量在手速超快的作家眼裡可能是個笑話，但對我來說卻是一大進步。

　　現在，快的話寫五千字只需要七十分鐘，正常狀況下需要九十分鐘左右。以每章花三十分鐘做修改來計算的話，大概兩小時可以寫一章。一天分兩階段寫作，總工作時數五小時，目標是完成兩章！

　　剩下時間就用來看書、運動、跟朋友見面、喝酒（我都說這是為了寫作上所需的充電）。儘管沒有上下班，一天只工作五小時，我跟一般上班族賺的錢卻差不多，而且這還扣除了太累或生病在家休息的時間。

閒聊一下

　　雖然想寫更多，但壓力實在太大，身體太不舒服了，所以我就打消這個念頭。這樣幾年下來，我終於發現不要過度逼迫自己，維持自己可以接受的步調，才是更有經濟效益的方式。

　　是用什麼方法才能寫得那麼快？每當有人問我這個問題時，我都會這樣回答。

「不要想著用頭腦寫，要用身體推自己一把。」

這有可能嗎？只要熟悉寫草稿的技巧就有可能。那麼，讓我們先來整理一下核心技巧吧！

> **明確的目標→高度集中→不要回去看自己寫的東西，想到什麼就寫什麼**

修改的方法我會在後頭詳細說明，先討論一下如何快速寫草稿。

定下今天的目標

不會有哪輛計程車漫無目的地馳乘在大街上。所以想盡快達成目的，就要有鮮明的目標。如此一來才能找到捷徑，對吧？但是不能一發現捷徑就開始東張西望，要在抵達目的地前，專心看著前方開車才行。

「三小時內要寫完一章，沒寫完前是不會起來的！」

在不過度的範圍內，訂下稍微緊湊的目標。沒有目標的話，就會變成能寫多少是多少的情形，而且很容易覺得寫得差不多了就停筆。很多作家都建議，一旦開始工作就一定要寫滿五千字，讓它成為一種習慣。不管要花幾個小時，試著練習在座位上寫完一章。

📶 構思情節概要

定下要完成多少份量後，再來就是要訂立目標內容，於是我們就到了構思情節的時候。

在寫其他體裁時也一樣，要訂定每章要寫什麼故事內容的細部計畫。**不能愛怎麼寫就怎麼寫，要按照計畫來寫！**

「這章一定要寫完逃離怪物的主角，後來遇到神祕女子結果上當受騙的部分為止。」

抓好大致上的故事內容後，就要來進行細部構想。要分成幾個場景、分配每個場景多少份量？要使用哪種語氣？要強調哪個場景等問題。

有些作家喜歡仔細構思情節，有些作家則擅長將情節用於權宜之計。不管如何，只要找到適合自己的方法就行。總而言之，就是要先決定好這章要寫些什麼內容後再開始動筆！

📶 不要修改，寫下所有想法

快速寫完草稿的重點就在這裡。

不要回去檢視寫過的東西，隨著手的動作把所有想法都寫下來。

把頭腦中浮現的句子，一五一十地寫下來。老實說，只要熟悉這個技巧就夠了，其他技巧就當作補充用就好。

想的速度＝打字速度

句子出現在頭腦裡的速度跟打字速度一樣快的話，可說是錦上添花。

「這樣不會出現錯字嗎？這個對話適合放在這裡嗎？感覺會跟設定好的故事有點出入呢？」先暫時不要去思考這些疑慮，**先練習想到什麼就寫什麼**。不要去參考國語字典、劇情概要，先寫再說。把修改這件事交給明天的自己或是幾個小時後的自己，先把精神在集中寫作本身上。

感覺作品完成度會不夠高？寫得不好也沒關係，反正最後都還要再修改。

請把「寫草稿的腦袋」和「修改內容的腦袋」分開來。只要養成習慣，即使你不想寫那麼快，寫作速度還是會不知不覺地變快。

至於寫作速度慢的作家們有個共通點：「總是寫完第一句話後，在寫第二句話之前回頭去看第一個句子。不覺得換了幾個詞語後，句子整個都感覺不一樣了嗎？所以才會反覆看了又改，改了又看⋯⋯我有點完美主義者啦！」

你覺得會有一開始就寫得很完美的草稿嗎？假設有好了，那麼**你寫的不夠完美就一點用也沒有**。把時間浪費在修改寫過的句子上，是沒有辦法把進度往前推的。請記住，你現在在寫的是草稿！提升完成度、補充細節、寫得更吸引人等等，都等到修改的時候再來做！

📱 運用計時器

你有辦法一坐在電腦前立刻集中精神嗎？是否還要先看一下新聞追蹤時事，看一下演藝圈最近的新聞呢？還得買用完的衛生紙跟米，更不能漏掉社群論壇上更新的文章……如果你要做完這些事之後才會開始工作，那我推薦你使用計時器。

請養成一旦按下計時器就要停止做其他雜事，立刻投入工作的習慣。 計時器是個可以有效提高集中力的工具。

這對於確認自己完成哪些目標也很有幫助。舉例來說，原先預計在三個小時內寫完一章，可能最後多花二十分鐘，也可能提早三十分鐘就完成。如果一個星期後發現平均一章需要兩個半小時完成，那麼再把目標訂得高一點也可以。

📱 找到屬於自己的步調

有些人習慣在早上寫作，有些人則選擇在半夜寫。也有些作家要工作八小時才能寫完一章，有些則需要兩個小時就夠。所以沒有正確答案。去找出你寫作效率最高的時段吧！

我們再談一下環境吧！是咖啡廳好呢？還是圖書館好？若是在家工作，就試著改變一下寫作空間。有時候在餐桌上寫作會比在工作室裡工作還更順手。

有些作家因為兼職、學業、育兒等因素，只有在閒暇

才有時間寫作。若時間不夠就只能提高效率了，要找出讓自己工作時精神最集中的地點和時間，如此才能加快工作速度。

📱 給自己一段冷靜時間

　　會有特定幾天工作特別順，如同神仙下凡般，可以兩萬字、三萬字不停地寫下去。可以一直這樣的話當然最好，但之後的一個禮拜卻連一個字也寫不出來，感覺自己變成了燭芯燒完的蠟燭。

　　想成為職業作家，就要同時具備「快速寫＋持續生產」的能力。**沒辦法持續下去，寫得再快也沒有用。**而且為了不掏光自己的故事錦囊，必須一邊觀察一邊寫作才行。一有靈感就胡亂地寫，只會讓故事錦囊破洞而已。

　　「感覺今天還可以寫五千字呢？」雖然不常有，但偶爾會有產生這種感覺的時候。然而為了明天，暫時忍耐也是一種專業的表現。比起今天寫一萬五千字然後隔天跑去

玩，連續兩天各寫一萬字會來得更有效率。

　　每個作家「卯足全力寫出來的份量」都不同。我可以一天寫一萬字，但有些人一天只能寫五千字，有些則一天寫兩萬字。寫了三千字就覺得耗盡全力了嗎？不需要因此感到太焦慮。練習就會有所進步的，一起慢慢向前進步吧。

　　若你的目標是成為職業作家，最好訂定一天最少寫五千字的目標。但是，不要忘了！過高的目標是走向放棄的捷徑喔！

05

句子過於平淡無奇，有什麼加強句子表現力的方法？

強加句子表現力又不用擔心抄襲的秘訣

「把思考如何加強句子表現力的時間拿去寫故事還比較好！」

有些作家可能會這麼想。我在一位有名的網路小說家的講座上曾聽到類似的話，「不要去寫像吟詠、啟齒、冒出了一句話、喃喃自語等各式各樣的詞彙，用『說』這個字就好了。」

你也是這麼想的嗎？若是如此，請你索性跳過這節吧！但如果你想提升寫作表現力的話，就請你一定要好好閱讀這節，有效地運用我所說的秘訣。

說這句話的人是某個寫男性向體裁的人氣作家，雖然不全是如此，但通常寫女性向小說的作家比寫男性向小說的作家還要更重視句子的表現力，因為浪漫這種體裁本來就很看重細緻的情感表現。此外，隨著體裁的不同，讀者的喜好也會不一樣。就看你自己是寫哪種體裁，去培養所需的文字表現力吧！

📱 適當使用相似詞、同義詞

頭腦裡詞彙量是固定的，寫作又是使用另外的詞彙，其中有多少是你自己可以自如地拿出來使用的呢？

前一節我曾說要讓思考和打字的速度一致才能讓寫作速度變快。所以，要在字詞浮現在腦中的那一瞬間，把它打在電腦上。雖然我們很容易把句子寫得呆板，或一直重複相同的句型、單字。

在草稿中出現這樣的句子沒關係，因為寫得快就是這個階段的首要任務。但進行修改時就不同了，想寫出美麗、富有情感、充滿作家個人特色的句子？

這時，你需要的是**國語字典，特別是相似詞和同義詞，請多加善用！**就算是相同的句型，只要更換詞彙，句子的感覺就會變得不一樣。

範例：怒火在他的雙眼中「熊熊燃燒」。

可以替換「熊熊燃燒」的字詞很多。像是「佈滿」、「晃動」、「掠過」、「閃過」、「冒出」、「湧上」、「傾瀉」、「噴湧」等。

意思不同卻能夠傳達相似意義的字詞很多，練習將這些字詞輸入腦袋中，以便不時之需。

我修改稿子的時候總是會打開國語字典APP，除了確認文意不通的句子之外，也會搜尋相似詞和同義詞。我主要使用NAVER的國語字典，該字典除了顯示字詞意思，還

會附上各種的例句，可別錯過偷看名作家文字表現力的機會哦！

> **範例：滲透**
> - 辭典上意義
>   1.（動詞）水、油等液體滲入
>   2.（動詞）風等的氣體外洩
>   3.（動詞）內心深切感受到
>
> - 相似詞
>   浸透、侵入、吸入
>
> - 例句
>   1. 乾涸的農田裡，泥土的味道和小米葉子的清香**撲鼻而來**。（出處：標準國語大辭典，韓勝源《海日》）
>
>   2. 風輕輕地吹拂，香甜的紫丁香香氣便**撲鼻而來**。（標準國語大辭典，吳尚源詩·御牒重創勸善文（1464）[9]，收錄於《白紙的紀錄》）
>
>   3. 沙子的寒氣穿過背脊向上**滲透**。（標準國語大辭典，黃順元《日月》）

📶 **使用擬聲語、擬態語來讓句子變得更有味道**

　　過度使用擬聲語、擬態語會讓句子看起來像動畫一樣很孩子氣，不過適當的使用會讓句子變得更有味道。

範例 ：

- 他額頭上結成一粒粒的汗珠，**咚一聲地**落在我的鎖骨上。
- 每當眨眼睫毛時，似乎都會發出**沙沙的**悅耳聲音。
- 嘴唇相碰在一起的時候，我也不自覺得**嗖一下地**抖了肩膀。
- 少年看著中箭的鹿一**蹦一跳地**向上躍起，不禁**咕嚕地**吞了吞口水。

　　擬聲語、擬態語用得適切可以刺激讀者的感官和想像力，也會增加故事的生動感。不要只給讀者看場景，要刺激他們的聽覺、觸覺、味覺。但過度使用擬聲語、擬態語反而會帶來壞處，所以適時在重點處使用就好。

9　編註：중창권선문（重創勸善文）是韓國的國寶，1464年韓國平昌五臺山的上院寺，為了朝鮮世祖所寫的佛教文書，也是世祖在制定《訓民正音》以後，朝鮮初期留下關於韓文字的重要佛教、語言史料。參照《韓國民族文化大百科辭典》（韓國中央研究院，關鍵字：平昌上院寺重創勸善文）。

📱 故事設定果然還是優先於表現力

一旦沒深度的角色出現在陳腐的故事背景下，就算你的詞彙量再大，寫出再華麗的句子都沒有用。**天才般的表現力如果沒有吸引人的故事設定來做襯托，是無法發光發熱的。**這跟在豬的脖子上戴著珍珠項鍊是一樣的道理。

如果小說只寫男主角和「路人二號」在枯燥乏味的辦公室裡的無聊對話，會有誰想看這個小說？一旦故事設定太糟糕，就算有天賜般的文字表現力也救不了故事人物。

表現力的基本是故事設定跟角色人物，要打穩根基才能凸顯表現力。

> - 句子＝台詞＋旁白
> - 台詞＝對話＋獨白
> - 旁白＝情況＋細節說明和描述

角色人物出現在對話裡，背景設定則出現在旁白中。在考慮表現力之前，請先檢視自己作品的故事設定，比起高級詞彙跟譬喻法，引人入勝的故事和角色設定還來得重要。

請先研究凸顯故事設定和角色人物的方法，找到方法後，就能徹底提升表現力了！

📱 具經濟效益的抄寫

很多新手作家會為了提高自己的文字表現力而進行抄寫，也常聽到別人建議先從抄寫開始練習。

我很尊敬這種熱忱，但這不禁會讓人抱持「抄寫真的有用嗎？」的疑問。「一點屁用也沒有，只會讓手臂疼痛而已，不如把抄寫的時間拿去寫小說！」也有人是這麼認為的，我某種程度上同意這種說法。

那麼我到底有沒有練習抄寫過？我練習超多的，我光抄寫的小說就超過一百本了。但是我沒有把任何一本小說從頭到尾抄寫過一遍，我沒有那個心，也沒有那個時間和體力。我的抄寫方法如下：

1. 看書。
2. 把便利貼貼在我想抄寫的句子上。
3. 看完小說後開始抄寫有標記的句子。

這不是什麼厲害的方法，若要說哪裡不同，大概就是抄寫只屬於我的辭典。

我會把背景描述、台詞、角色等各類抄寫分別儲存在不同的檔案裡。我也會將害怕、開心、傷心等情感分門別類，放入不同的資料夾裡。所以當我看到某個描寫背景或敘述人物的好文字，就會分別將它們放進背景描述和角色

的檔案夾裡。如此一來，我建立了屬於我自己的抄寫資料庫。這樣的做法幫助我了解自己哪個部分需要加強，或是喜歡哪種表現句型。

我不是在教你用更換幾個字詞的方式去抄別人的句子！而是鼓勵你去接觸好的句子，藉此熟悉寫作的節奏並從中獲得靈感。

若只會抄寫卻不懂得寫出自己的句子，那麼一切都是徒勞無功。抄寫的核心在於努力將抄寫的句子，再用自己的風格重新改寫。也就是說看到好的句子並在融會貫通之後，用自己的方式重新寫！反覆這麼做正是一種培養表現力的必殺技。

閒聊一下

我不推薦從頭到尾抄寫同一作品，因為很有可能會連一半都抄不到就放棄，或是容易淪落為一種耐心考試。

蒐集表現方式，多看好的句子

一邊抄寫句子，一邊走馬看花式地看電影、電視劇、動畫就可以了嗎？**想增強表現力，你還需要蒐集「圖片」才行**，朋友間的對話也是。

閒聊一下

請回憶一下在第101頁提及的做筆記方法！

　　圖片是增強表現力很好的資料。想寫奇幻小說的話，就去看相同體裁的電影，然後試著描寫一下場景。在頭腦裡想像出來的畫面，以及看著具體影像書寫成的東西，兩者肯定有差異。用這種方式去蒐集各種內容，當作練習表現力的材料吧！

　　最後，**多去接觸好的表現方式！**

　　要不斷地讓自己去接收內化和雕塑過的句子，以及簡潔明瞭、文意通順、美麗動人的句子。意思就是讓你去多看一點書，儘管會忘記大部分看過的內容，但若能撈到幾個好句子，不也是不虧本的生意嗎？

　　表現力不會一天兩天就變好，搞不好還會長期飽受「我的作品爛透了」這種病的折磨。然而皇天不負苦心人，訂下可實現的目標，努力練習，總有一天你也會被叫做「筆下生輝的作家」。

最近哪種網路小說賣得好？

人氣作家才知道的完美趨勢分析法

> 我：這個題材怎麼樣呢？（支支吾吾的臉色）
>
> 編輯：嗯……這跟最近流行的趨勢太不搭了！（用著為難的語氣）
>
> 我：流行趨勢有那麼重要嗎？（嚇了一跳）
>
> 編輯：流行趨勢佔網路小說的七分，作家個人特色則佔三分，我們在選投稿稿件的時候也是用這個標準在選。只要脫離了流行趨勢，不管句子寫得再好，我們也不會簽約。
>
> 我：為什麼？（一副受衝擊和恐慌的樣子）
>
> 編輯：因為讀者喜歡流行的趨勢。（一臉堅定）

以上是我在構思新作品時與出版社編輯的對話。談話結束後，我還是寫了編輯苦口婆心勸阻的題材。老實說我以為憑我的實力，就算作品題材不跟著潮流也會賣得很好，我還覺得寫的過程很好玩。但結果呢？公開徵稿比賽落選，投稿失敗，還因為作品出版不了就停筆不再寫，幾個月以來在身心靈上的辛苦皆化作泡影。

「別再犯相同的錯誤了！沒時間再讓你浪費了！」

我很好奇其他作家是怎麼賺錢的，想知道他們到底有多厲害，寫得比我好多少。受好勝心和慾望的驅使，我去看了最新流行的作品之後便徹底頓悟了！

「原來我寫的東西只有我自己才覺得有趣啊！世上比我還會寫的作家數也數不完。啊哈哈哈～」

有句話說「知己知彼，百戰百勝」。我們必須和佔據排行榜的人氣作品競爭，並戰勝它們。從讀者喜好到人氣作品的趨勢分析，通通一次解決吧！

熟悉趨勢分析法會得到幫助的幾種人

1. 雖然看過很多書，卻一次也沒看過網路小說的人。
2. 好奇最新流行關鍵字的人。
3. 想學習超人氣作品優點的人。
4. 想寫賣座的網路小說卻不知從何下手而感到迷惘的人。
5. 想確認自己的作品是否具有商業價值的人。

📱 要看多少？

我建議最少要看二十部作品，還不是二十章，是二十部長篇小說。從**暢銷書十部＋最新人氣作品十部開始吧！**暢銷作品為何會賣座？長期受到讀者喜愛的作品都有共同點，先從經典書開始吧。

網路小說的流行趨勢變化很快，沒人能保證今日的人氣作品到了明天是否也會一樣受歡迎。比較一下暢銷作品和最新人氣作品的不同，然後觀察流行趨勢是以哪種方式在變化的。

📱 檢閱平台人氣作品

看哪個平台流行你寫的小說體裁，就去那裡找其中最暢銷的作品。可以從日、週、月排行榜裡去找。若你寫的是男性向現代奇幻小說，那就去MUNPIA、KAKAO PAGE等找找看；若是女性向浪漫奇幻，就要去KAKAO PAGE、JOARA、NAVER SERIES等平台找找看。

暢銷作品可以參考KAKAO PAGE的「百萬頁（Million Page）」。輸入「網路小說推薦」，就會出現一排大名鼎鼎的名作，就從那些作品開始分析吧！

📱 不能光是瀏覽而已

若像讀者一樣只是快速看過的話，是學不到什麼東西

的。「這很有趣呢！這好不怎樣喔！」很容易就這樣一邊評價一邊看完小說。

我們不是讀者，不是為了要殺時間或讓頭腦冷靜一點才看網路小說的，而是是為了要分析優缺點，將其吸收並內化後，徹底使用這些技巧才看的。所以**我們需要做筆記跟抄寫**，我還會用圖表整理起來。

如果看完整部作品對你來說有點困難的話，那就去分析前十到二十章就好。

> **趨勢分析的核心＝看書＋整理＋抄寫**

📶 製作趨勢分析圖表

標題	我們先確認作者是如何凸顯作品的特點，標題使用哪些關鍵字！ 　　將標題分類為強調流行趨勢、摘要故事設定、刺激情感、具侵略性、引發好奇心等不同的類別。
關鍵字	把關鍵字寫下來，然後分析作者是用什麼方式將這些關鍵字組合在一起。
作品介紹	作品介紹跟標題一樣重要，試著分析作家如何把小說寫得引人入勝。 　　有無台詞、份量多少、強調哪些部分、讀者抱持哪些期待等，一字不漏地仔細看。
封面插圖	先一起來整理插畫家的姓名、作品整體氛圍、主角姿勢的角度、色調等。附上圖片參考也很好！

開頭的重點部分	分析第一個場景如何吸引讀者，從描寫事件開始？還是平穩地描述背景？或是跟隨主角的內心戲？還是埋下刺激的伏筆，預計在後面給讀者一個反轉的劇情？
每章情節的主要台詞	簡單整理每章的情節，掌握故事開展方式、句子的協調性、場景分配等。 例：《讓我們一起泡澡吧！公爵》第一章情節 陷入絕望的女主角被迫結了第三次婚→回想過去，與同父異母妹妹之間的關係、簡略描寫主角的個人故事→現在時間點，男主角突然出現→描寫女主角的挫折、內心→男主角讓人出乎意料之外的提問→在混亂的情況下，女主角被殺→以為死後會上天堂，卻意外得知自己命運的秘密 分析作品裡有多少個事件，分為幾個場景，對過去的描寫佔了整體的比例多少、台詞跟旁白的比例等。建議抄寫令人印象深刻的句子、成為注目焦點的台詞。
角色人物	比起整理角色設定，去分析作者如何表現角色的魅力更重要。最好把角色的特徵和最終目標整理出來。
特點	找出專屬於該作品的特色，以及與其他作品之間的差別。 分析作者如何將熟悉的故事設定用不一樣的方式表現出來。 若作者使用了熟悉的關鍵字，卻用特別的方式描寫故事的話，一定要記下來。
意猶未盡	看看每一章是怎麼做結尾的。為了提升連讀率，該作品所使用的獨特方法為何。
賣點	要從讀者而非作家的立場去思考為何該作品會賣得好。 因為男主角是養蜂業者，所以跟女主角碰上後就自然地灑下了蜜糖嗎？浪漫元素的比重不多，但故事發展卻很快！故事設定很一般，但主角卻能撫慰讀者的心靈？ 分析作品賣座的原因，試想若是自己會使用什麼樣的方式。

📱 你需要記得「流行趨勢」的危險性

能用上述方式分析所有流行趨勢嗎？

NO！此刻有數百數千的新作品正在上映中，讀者的需求也時時刻刻在變化。其實作家是不可能觀察到所有細微的變化，然後在對的時間點出版符合流行趨勢的作品。

用類似人氣作品、流行作品的風格就算成功嗎？

這反而會成為作家生涯的障礙。在找不到作家個人定位的情況下，盲目地追逐流行題材，最後只會落得兩頭空的下場。

拿著大眾流行題材，模仿現有作品而寫成的小說，會最先被讀者發現，也就是很可能會最先被淘汰的意思。某種程度上來說，雖然搭上流行趨勢作品會賣得好，但當流行一過，作品的生命力也就跟著消失。假設出版前流行就結束，那就會淪為徒勞無功的下場。所以要一再思索如何用自己的方式來展現流行。

那麼趨勢分析一點用也沒有嗎？

NO！分析趨勢不等於去剽食流行的題材，快速閱覽其他作品是了解讀者和自己的必經之路，學畫畫時也是先從臨摹開始學起。所以想寫出好的文章，就得看很多好文章才行。

「怕不經意抄襲別人的作品，所以刻意不去看的呢？」

有些作者會有這層顧慮。但是不看其他作品，懶得去

分析趨勢，最後會出現以下問題：

1. **當發現使用相似故事設定和題材的作品時，會懷疑該作者抄襲。**
   網路小說體裁中，很容易出現題材重複的現象，其實我認為不可能會有自己才想得到的特殊題材，這是一味埋頭於自己作品時容易出現的失誤。

2. **不知道自己寫的東西已經退流行一陣子**
   如果在不知道自己的題材已經退流行的情況下，把三百章的小說寫完了？光想就令人直冒冷汗。所以我們即使不看所有人氣作品，也要懂得掌握潮流變化！

3. **看不出自己作品的問題點**
   故事發展速度是否太慢？角色設定會不會太無聊等，都需要和人氣作品相互比較，一一去檢視。因為有可能是自己很喜歡的作品，讀者卻不感興趣。

分析人氣作品一段時間後，大概就能知道讀者喜歡什麼樣的關鍵字，討厭哪種風格等的流行趨勢。還能知道那

些隨著時間流逝，也依舊受歡迎的人氣作品之間，有什麼共通點。此外，也可以了解自己覺得哪種作品具有魅力，哪些部分可以寫得更好等。

流行及人氣作品分析的核心在於，「縮短讀者和作家間的距離」。

分析流行趨勢時，要特別注意的事項

1. 記得流行趨勢的彈性疲乏

讀者喜愛流行但也容易對其感到厭倦。流行趨勢的壽命越來越短，這是誰都知道的事實。可以像「輪迴」、「附身」、「轉世」等流行許久的題材很少。

2. 寫一樣的東西不是分析！

抄別人的作品不是分析而是抄襲，絕對不會有辦法成功的。但若不知道別人寫些什麼的話，就沒辦法知道自己的作品是否寫得跟現有作品相似。多方研究後，寫出自己的東西！想寫流行題材，就要寫得像是從沒看過的內容一樣。

3. 就算不寫流行題材，也一定要分析作品！

不用一定要寫流行題材，也沒那個必要。但是分析好作品、超人氣作品對作家有很

大的幫助，因為每個作品都有值得學習的地方。因為不符合自己的喜好就不去看？這難道不是懶惰的藉口嗎？想成為暢銷作家就要努力不懈地鑽研。

閒聊一下

看二十部小說會需要花不少錢，但是想成為人氣作家，就需要這種程度的投資。這是為了自己的研究所需的資料，別想著在這裡省錢。絕對禁止非法下載、發布文字檔（將網路小說內容轉成文字檔後發布在網路上的行為）等。

07

何謂情節？

如何寫出吸引讀者目光的迷人情節

你應該很常聽到情節（plot）這個詞，但很少人能夠明確回答「何謂情節？」情節到底是什麼呢？人家都說跟著情節走的故事叫做體裁文學？

我也很想避開以下這種開場白，但請饒過我這一次吧。

> **情節**：把文學作品裡的故事形象化，協調地配置或敘述多個不同的元素。（出處：《標準國語大辭典》）
>
> **相似詞**：構想、結構、故事

查了辭典後，意思反而變得更模糊兩可。構想本身也是情節的一種，而故事也算情節？什麼嘛？追溯情節的語源會發現，其原本的意思是指「土地的一個角落」……我們

並沒有對這個特別感興趣，所以我就先省略了相關的詳細說明。

> **情節的定義**
> - 故事的結構、骨架
> - 連結不同事件的協調結構
> - 做出原因和結果
> - 往結局前進的過程
> - 引發好奇心的提問、糾葛、高潮、反轉

這些全都算是情節。小說、腳本、劇情概要等創作也都強調情節的重要性，因為**情節就是故事**。你覺得會有人想看胡亂荒唐的偶發事件或錯綜複雜到令人無法理解的故事嗎？或者是沒有任何緊湊感，像流水帳一樣的故事？

作家要有辦法駕馭情節，要能在情節的各處埋下增加趣味性的裝置。當然，刻意是大忌。

想在任何人都知道的陳腔濫調、千篇一律的流行當中，發揮你的創意和才能嗎？那麼就從情節開始檢討吧！

📶 率領情節的是故事角色

買了一台號稱擁有噴發六百五十匹馬力的八汽缸渦輪引擎，用最頂級的零件做出來的車體，以及附帶精緻皮革

座椅的跑車，同時也準備好可以用最高速度奔馳的車道。但是沒有開車的人？

這種情況下，跑車跟車道一點用也沒有。要有可以進入情節發動引擎，有節奏地踩著油門和煞車的人物，才可以發揮跑車的價值。

> **油門＝故事角色的積極目標**
> **煞車＝故事角色的弱點跟創傷**

故事角色的目標如果不夠明確，情節就會顯得沒有張力。**故事的原動力來自角色人物的目標和慾望。**而且，瘋狂似地往前衝刺只會弄壞引擎，所以需要懂得調整力道。

哪些角色人物率領情節、他們的目標為何等等的細節，都要在情節的一開始就展現給讀者看。當然，也要用讀者會產生共鳴的方式。

📶 情節是一種緊張感

假設我的主角是被下詛咒的野獸狩獵者，他的目標是向殺死養父的仇人報仇。如果野獸狩獵者太輕易就報仇成功，還會有誰想看這個故事啊？**除了角色的目標要清楚之外，達成目標的過程也要有持續的緊張感。**那麼緊張感要在何時出現呢？

①發生意料之外的障礙時
②失敗的時候
③和其他角色產生糾葛時
④陷入兩難時

還是不太知道我在說什麼嗎？我來舉個例子吧！

①-1. **障礙**：為了報仇成為了野獸狩獵者，出眾的實力不斷為主角帶來委託案，但主角卻因此忙得沒有時間報仇。
②-1. **失敗**：雖然找到了報仇的機會，卻受到詛咒的阻礙。
③-1. **糾葛**：主角的愛人希望他放棄報仇，成為世界頂尖的野獸狩獵者，於是兩人出現對立和爭執。
④-1. **兩難**：後來才發現愛人是仇人的女兒。要選擇報仇，還是選擇愛情呢？

　　障礙、失敗、糾葛、兩難等全都是讓情節出現緊張感的裝置。越到故事的高潮，緊張感就要越強烈才行，這時要讓主角承受更大的糾葛以及更加深處的兩難。

讀者感受到緊張感的同時，會拋出一些疑問。為什麼主角堅持報仇？比起已經死掉的養父，自己的人生不是更重要嗎？能同時完成報仇和得到幸福嗎？

沒有投入在故事裡的讀者是不會產生疑問的。所以，作家要用有趣又有創意的方式，不斷地讓讀者產生疑問才行。盡可能將情節的緊張感最大化，用盡全力往前推進吧！

別讓讀者猜到情節走向

讀者之所以會付錢看下一章是因為好奇故事的走向，別因為自己成功用津津有味和令人驚心膽戰的故事開展，吸引到讀者而沾沾自喜。讀者期待越高，失望也就容易越大。若後面接的是平淡無奇、老套的故事，作品是會被讀者趕下台的。

作家除了要滿足讀者的期待，還要脫離讀者的預想。**故事朝著預期方向發展會讓讀者失去對作品的興趣**，所以不只是驚悚，奇幻、武俠、浪漫等體裁也都需要反轉劇情。

讀者很享受背後被刺一刀的感覺。適時告訴他們一些事情，又適時騙他們一下，以此來吸引讀者吧。

情節就像水晶球一樣，一旦被看得清清楚楚，便剩沒多少樂趣。**把重要的伏筆像是處理細碎東西般隱藏起來吧！**情節的妙處，就是為了讓讀者在最後一刻拍著膝蓋，恍然大悟。

情節是一種因果關係

　　情節的基本是因果關係。也就是說，**要用心去設定不同的原因和結果**。就算是野獸狩獵者，無緣無故去攻擊對人類沒有害處的野獸，這種設定是無法說服讀者的。

　　所有事都需要有原因，可以是個人因素，也可能是外在原因。原因要造成結果，而這個結果也要是其他事件的原因，如此一來故事才能協調地連在一起。

> ① **個人原因**：主角被下了一天沒看到血就會死亡的詛咒。因為詛咒，不得不殺野獸。
> ② **外在原因**：被下令一週要殺死一千隻的野獸。若違反命令，就會被吊銷野獸狩獵者的資格。

　　故事寫得不順時，隨意寫的事件很可能會在之後成為解決主要事件的鑰匙。「也不是事先想好的，竟然能夠跟其他事件接在一起。我根本就是天才吧！」寫作一段時間後，你會有這種時刻。找找看有沒有什麼方法，能夠重新利用臨機應變之下寫出來的事件吧。好的情節就是會不斷地產生事件。

> ①-1. 愛人目擊主角殘忍殺害野獸的模樣。愛人不知道主角被下了詛咒而決心離開他。
> ②-1. 雖然殺了野獸卻依舊被剝奪野獸狩獵者資格。主角變成野獸一族的仇人而開始逃亡。

　　不能為了凸顯因果關係去硬編事件，也不能切斷事件之間的連結，甚至讓單一事件過度突兀。因果關係的核心在於事件之間的連結，要讓讀者能夠自然地跟上故事。

情節要有足夠的張力

　　在寫情節的時候不要忽略張力。**不能讓主角一直原地踏步**，主角要有持續的行動，才能提供活力到作品的微小之處。

　　野獸狩獵者不去獵殺野獸，一天到晚跟酒店小姐玩在一起的話，故事會好看嗎？就算有非得這麼寫的理由，這種故事內容也只會降低緊張感而已。類似的場景、早已猜到的事件、平淡無奇的對話等，都會毀掉至今用心寫成的情節。

　　要怎麼做才能讓情節充滿張力呢？首先要讓角色、事件、背景等所有元素變得很極端。讓主角試圖一週自殺一次，受到野獸跟人類的攻擊，然後進入超大型野獸的內臟裡，獲得誰也拿不到的寶藏。將作家的創意發揮到極致。

　　「活力」的反義詞就是「老套」。

「故事設定不錯，文筆也很好，但就是有點無聊。」

　　這種評價是最致命的，其他部分再怎麼好，只要讓人覺得無趣，就不會有人想看。

　　「故事設定很幼稚，句子也寫得很爛，但就是讓人想繼續看下去呢。」

　　這種評價還比較好，這代表你有寫情節的才能！

如何設定角色人物呢？

設定角色時一定要記住的七件事

　　角色人物是小說的心臟。就像沒有心臟，人就活不下去一樣，作品缺乏有魅力的角色人物是無法成功的。主角尤其重要，要問問主角想要的是什麼，**賦予他們那種會讓人瘋狂追逐的目標吧？**

　　不可思議的能力、出身的秘密、獨特的習慣等等，有很多用來描繪主角的元素。然而，並不是設定出有魅力的角色後，事情就結束了，作家還要時常關注讀者才行。

　　跟角色設定一樣重要的就是讀者的情感！讀者大多想成為主角，穿梭於假想世界裡，也想要跟主角一起戰勝苦難，達成目標。讀者很有可能在故事結束前，一直將情感投射在主角身上。

　　情感的投射需要共鳴。試著從人性、道德、社會等層面去刺激讀者。即使是以奇幻世界為背景的故事，主角還是要具備反映出現代社會和現實的一面，才能讓讀者產生共鳴。

📱 角色人物要夠全面立體

不夠有深度的角色人物一點也不好玩，因為這種角色的下一步行動很容易被讀者猜到。如果讓壞人從頭到尾壞到底，好人死前依舊像個道德聖人，這樣的故事有什麼好看的？

只有單一面向的角色是不符合現實的，因為世界上不存在只有一種性格的人。世界不是非黑即白，美和醜、對和錯也沒有區分得那麼清楚。刻板印象、二分法或黑白理論只會設定出刻意不自然的角色。

「感覺這種人真的可能出現在某個地方呢？」
「現實世界應該也有這種人吧？」

讓我們設定出如此真實又立體的角色吧！那麼，該怎麼做才能把角色人物寫得夠真實呢？

① 反映現實
② 具人性的變化
③ 預料外的行動

讓我來舉個例子吧。

①-1. 世界最強的棋士卻突然得到關節炎，因此考慮退休。

②-1. 黑社會組織老大的最大煩惱是五歲女兒的偏食問題。

③-1. 連續殺人魔的興趣是救助棄養犬以及餵食野貓。

　　想要寫出角色人物的立體性，就要通過觀察以展現角色性格設定的另一面。難以決定何謂正確，無法判斷勝利者與失敗者的模糊性，在沒有明確答案等的情況之下，擴大糾葛會更凸顯角色的真實感。

📱 角色人物要有個人特色

　　縱然描寫角色的外表、過去也很重要，但決定角色是否有魅力的關鍵在於個人特色。我指的是，能用來和別人做區別，只屬於該角色的獨特性。

　　假設我們要寫「對金錢過度斤斤計較的女主角」，這個設定比愛錢的角色還要再更特殊一點。「因為是愛錢的角色，所以應該要很小氣，還要對理財瞭若指掌。」這種老套的設定是不行的。**個性要從細節裡找**，而且細節要跟主要的設定有所關聯。

- 耳朵聽力不好，所以沒有辦法集中精神在對話上，但卻能清楚聽見別人口袋裡硬幣碰撞的聲音。
- 因為錢的關係，所以很喜歡數學，還學會了不亞於超級電腦的心算法。
- 自己過得像路上的街友，幫助其他人的時候卻像富二代，花錢不手軟。

　　我的意思是，要去找到一個獨特的方法讓角色大放光彩。回想一下自己曾經遇過哪些視錢如命的人，想一下他們的特徵，然後去設定角色吧！

　　若能加上因果關係就更好了。讀者總是抱持著「他為何這麼做？」的疑問。沒有考慮因果關係就設定角色，導致角色一下出現這兒，一下出現那兒，這樣不僅無法引發讀者的共鳴，還會讓人覺得荒謬。要去製造必須用某種方式設定某個角色的原因，但把無關緊要的原因通通放進作品是大忌！別忘了設定就只是設定而已。

📱 過於完美的角色反而沒有魅力

　　無須從一開始就把角色設定得太完美，但至少要把角色設定到讓人有以下感覺：「雖然有點奇特，但還是有些地方很吸引人」、「像個瘋子一樣，卻讓人感到好奇」、「適合作朋友的人」等……。

> 有些弱點反而讓主角更顯眼，還容易引起讀者的共鳴。

　　主角有可能會闖禍，也可能會失誤。但不管怎樣，這些都要在**讀者可以忍受的範圍內**才行。

　　不可以為了製造事件就把主角設定為麻煩精，耳根子軟的人物也不會受到歡迎。優柔寡斷、拖泥帶水的主角呢？讀者也非常討厭。小缺陷或令人惋惜的創傷等程度的設定就夠了。

　　如果是無可救藥的人渣設定，就要給出更具說服力的原因。此外，作家也需要暗示角色進化成長的可能性，所以不需要一開始就讓角色發揮所有能力，讀者看到角色人物的成長會很開心。譬如，孤兒出身的女主角最後變成皇后，或是被排擠霸凌的男主角變成財閥等，角色的進化史之所以會受到歡迎正是因為如此。

角色的變化

　　主角在第一章剛開始的時候，以及故事快要結束前會一模一樣嗎？不！他們會改變。因為故事進入結局前主角會經歷無數事件，很多事件甚至會動搖主角的價值觀。

　　角色之間的連結，也會刺激彼此。譬如角色學習到友情、愛情、熱情等等，也很常出現主角看世界的觀點、人

生目標等出現改變的情況。**只要生動描繪出這些變化的過程，角色就能繼續存在下去。**

　　當然也會出現情緒和肉體上的變化。若主角因為報仇失去了一隻手臂，失去手臂之前跟之後肯定會完全不一樣。

閒聊一下

　　不需要讓主角因為失去身體的某個部分就陷入絕望當中，主角可能因此領悟到同伴的重要性，也可能遇見不嫌棄身體殘疾，愛上主角的戀人。

　　浪漫小說也是一樣。沒血沒淚的冷血男主角在故事中間學會如何體貼別人，也懂得說甜言蜜語，體悟到真愛後，成長為更帥氣的人。

　　成長和進步是主角變化的核心。反派角色就要往更壞、更惡劣的方向變化，然後在結局時接受主角的感化。這個也算是角色的一大變化。

📱 角色會自己行動

　　當故事進行到一半時，**角色會開始擁有自我意識**。角色們雖然出自於作家之手，但他們會成長為一個個獨立的個體，開始構築自我人生。有時還會脫離作家的預期，若是被設定成善良的角色更會出現這種情況。

讓我們試著寫寫看「視錢如命的女主角放棄了裝滿金幣的箱子，跑去救陌生少女性命」的故事吧。在做出選擇的最後一刻，女主角可能拋下少女，拿著金幣箱子跑走。若女主角是個重視金錢多過於道德的角色，往這個方向寫會顯得更自然。就算是作者，也沒辦法把女主角硬拖到少女面前。

如果角色沒有按照情節行動怎麼辦？要尊重他們的想法嗎？雖然需要一些柔性應對，但作家不能總是被角色拖著走，不然情節會變得鬆散，故事變得混亂。

所以這時候，作家需要觀察角色的慾望，然後找到中間平衡點。先讓女主角緊握著金幣吧！讓她享受拿到金幣的幸福，之後再轉換故事方向就好。最後女主角有可能會哭著威脅被自己救起來的少女：「為了救妳害我丟下那麼多錢，妳最好給我認真努力生活！不然我會把妳給殺了！」

你如果認為作家能夠完全掌控角色，那就代表你太過傲慢了，會自己行動的角色反而讓作家們更開心。因為他們會自己說話、行動，作家要做的事就只是把這些寫下來而已。

去觀察角色吧！作家也一樣需要尊重率領情節的角色。

📱 決定角色成功與否的比重

減少主角出現的比重會讓讀者失去看小說的興趣，能讓讀者投射情感的對象正是主角，讀者並不好奇配角的人生故事或反派角色無人能知的過往。

當然，故事的進行和事件關聯性不可能允許主角一直出現，但還是要維持一定的份量在主角身上。主角沒有出現的時候還是要提及主角，**任何事件的中心一定要是主角才行**。由主角找到最重要的線索，問題也是交給主角解決。

讀者會虎視眈眈看著作家把鏡頭交給誰，然後把情感投射在鏡頭越多的角色身上。如果作家把鎂光燈打在配角身上，那麼讀者就會比較瘋狂著迷配角。如此一來，我們就會失去情節的目的性，事件則會變得模稜兩可。

閒聊一下

配角可以設定得比主角還更極端、更有個性，但不能讓配角的魅力超過主角。

一章裡出現太多人物也是大忌。尤其，第一章不要讓太多人物出現，讀者能記住的人物沒有那麼多。

幫角色取名字的時候也要格外小心。對讀者來說，名字不會對角色有加分效果。有名字的角色只出現一次就消失的話，反而會讓人很詫異。賦予角色名字，就要給他們相對應的義務，有些角色留到故事後半部再運用也是不錯的決定。

📶 角色設定

圖表有助於了解和理解角色。除了名字、年紀、血緣關係以外，還有需要知道許多跟角色有關的資訊。興趣、特長、人生目標等就不用說了，政治傾向、飲食習慣、人生最丟臉的經驗、做過最後悔的選擇等都可以寫下來。

閒聊一下

當然，並不是要你把所有資訊都呈現在故事中！這只是為了深入了解角色的一種方法。

名字、名字的意義	
出生年月日	
出生地、出生小軼事	
外貌	
職業、選擇該行業的契機、對工作的滿意度	
家庭關係、家中排行	
性格、自己認為的優缺點	
人生目標	
人生開心＆幸福的事	
對自己的評價	
獨特的喜好與特徵	
異性關係、對異性的想法	
身邊的人對自己的評語	
特技	

興趣	
喜歡的事（人、動物、情況等）	
討厭的事	
害怕的事	
讓自己休息的方法	
弱點&創傷	
飲食習慣	

我建議你把自己想像成在接受訪問的角色人物，然後去回答這些問題。或是以角色為對象進行MBTI診斷也是個不錯的方法。

「要進入作者描繪的人物中，進入他的身體，
並用他的眼睛看這個世界，
用他的感官去感受這個世界。」
—阿爾封斯·都德（Alphonse Daudet）[10]

📱 角色的檢測清單

主角	□ 魅力是否足以引領整個故事發展？
	□ 目標是否鮮明？
	□ 是否掌控情節？
	□ 有無獨特之處？
	□ 有無缺點？
	□ 是否經歷了進化、成長？
反派	□ 是否夠符合現實？
	□ 是否具正當性？
	□ 是否有趣？
	□ 有無個人故事、緣由？
	□ 與主角的糾葛重不重大？
	□ 是否不夠成熟或太軟弱？
配角	□ 有無個人特性？
	□ 幫助主角還是妨礙主角？
	□ 比重高不高？
	□ 是否說些無關緊要的話？
	□ 是否比主角更突出？
	□ 發言權是否太多？

---

10 編註：阿爾封斯·都德（Alphonse Daudet）法國寫實派小說家，著有《柏林之圍》等。

09

寫出優秀網路小說的特殊秘訣
記住陳腔濫調、地瓜、汽水即可！

　　剛開始寫網路小說時，我犯了幾個很致命的錯誤。第一點，我沒看過網路小說；第二點，我只想著要寫些特別的內容；第三點，我不知道什麼是「地瓜」。開始寫網路小說後，就很常聽到下面這種話。

　　「寫得夠有趣就是最棒的，就算句子寫得很爛，寫的內容不是流行趨勢，只要作品夠有趣，就會賣得很好！讀者會最先分辨出來！」

　　這句話沒有錯。連一章網路小說、一本教學書都沒看過的新手作家也是有機會爆紅的，只要作品夠有趣。

　　問題在於「該如何抓住作品的趣味性」。很可惜地，作家寫起來覺得很有趣的作品，不一定就是讀者覺得很好看的作品。

　　若想成為職業作家，尤其是擁有億萬銷售紀錄的暢銷作家，就要仔細聆聽讀者的心聲，要豎起觸角探測讀者喜

歡什麼、討厭什麼。這也是為什麼你必須牢記陳腔濫調、地瓜、汽水等用語。

📱 煮出不同的「陳腔濫調」

陳腔濫調被用於負面意義，指的是「陳腐又老套」，所以才會被當作負面用詞，不過網路小說家要懂得「善用」陳腔濫調。

閒聊一下

陳腔濫調（cliché）是指小說或電影故事中常使用的情境、故事設定、故事等。

「才剛囑咐我們不要寫些老套的內容，現在卻突然叫我們寫陳腔濫調？這根本就是前後矛盾嘛！」

我理解你憤怒的心情，我也很清楚，叫你寫陳腔濫調聽起來就像是一種侮辱，但能怎麼辦呢？讀者就是喜歡老套的故事啊！

我的意思不是說陳腔濫調，讀者就一定會喜歡。讀者比作家還聰明，他們厲害到分得出拉皮過的陳腔濫調以及普通的陳腔濫調。

電視劇、電影、音樂劇等之間雖然會有差異，但所有的故事多少有帶有一些陳腔濫調。雖然過度陳腔濫調是一

種毒，但去除陳腔濫調就像不加鹽的牛骨湯，味道十分平淡。陳腔濫調是無法避免的，體裁小說尤其如此。

浪漫小說的陳腔濫調
- 外貌、學歷、財富等條件都很好的男主角有著不為人知的傷痛
- 原是宿敵的男女主角最後愛上彼此
- 以結婚＆懷孕作為故事結局

奇幻＆武俠小說的陳腔濫調
- 主角不是膽小懦弱就是個流氓無賴，有後悔不已的過去
- 女配角們喜歡男主角
- 只有主角具有特殊能力

讀者喜歡既熟悉又有趣的故事。主角在結局時失去愛情，然後被壞人打敗？這不是創意，而是背叛一路追到故事結局的讀者們。那麼，什麼樣的陳腔濫調才是好的陳腔濫調呢？要如何在令人熟悉的故事走向裡，放入一些趣味性呢？

1. 細節很新鮮的陳腔濫調。
2. 情感最大化釋放的陳腔濫調。
3. 刺激情感的陳腔濫調。
4. 引起共鳴的陳腔濫調。

舉個例子來說：

　　一個藏有過往傷痛的男主角。雖然男主角一直以為自己將傷痛藏得很好，殊不知身邊的人都知道他的傷痛。看著大家都把男主角當作玻璃工藝品般加倍愛惜，女主角便下定決心。

　　「管他這個玻璃工藝品會不會破掉，我要胡亂大鬧一場。事情要搞到一發不可收拾，才會知道是好是壞呀！」

　　女主角對男主角刻意的突擊，導致兩人變成了宿敵。但是兩人偶然要一起度過一個夜晚⋯⋯。

就算故事設定跟結局都是陳腔濫調，但是裡頭的細節

都能寫得更新穎，要不斷地去研究該如何最大化故事的趣味性。

「我絕對不要寫些老套的內容，我要靠我的創意一決勝負！」

該不會真下此決心了吧？現職作家們會一同惋惜地說道：「嘖嘖！要踢到鐵板才會清醒啊！」現職作家們都知道這是出於無知的話。這句話聽起來，也像在宣告自己不會去研究和鑽研怎麼寫網路小說。

若作家是廚師，陳腔濫調就是不可缺少的食材。儘管所有食材都一樣，最後呈現出來的料理不也會隨著煮法和醬料的差異而有所不同嗎？**請用自己的手藝將「熟悉」和「陌生」拌在一起吧！**如何煮出不一樣的陳腔濫調，靠得就是作者真正的實力！

📱 請記得地瓜跟汽水

我以前不知道地瓜和汽水在小說界裡是指什麼意思，所以也不知道讀者討厭地瓜，迫切等待汽水出現。

> **閒聊一下**
>
> 「地瓜」指的是糾結沒有被解決，且令人鬱悶的部分；「汽水」則是過去的糾葛解決後，內心感到舒暢的部分。

出道作品《世子嬪的大膽秘密》首次發布後，我才學會地瓜和汽水代表的意思。看著那些鼓勵、贊同的留言時，我的臉又慘白又驚恐，根本沒有心力覺得開心。

　　「作家，什麼時候才能給汽水？嗚嗚」
　　「都是因為地瓜男主角，請撤下作品！」
　　「地瓜部分什麼時候會結束？拜託先爆雷。」

　　留言板裡湧入意想不到的讀者反應。地瓜指的是什麼？男主角有那麼令人厭煩嗎？我就像吃了一百顆地瓜卻連一口水也沒喝，心裡鬱悶到不行。

　　同時，還有些讀者一邊喊著要汽水一邊準備棄讀。「別走啊！我之後會寫得更好的！」就算如此大喊也沒有用了。當時外傳也都寫好，甚至連紙本書也都印好了。

　　我是個曾經寫過純文學作品的人，所以我以為只需要在高潮處一次痛快地解決糾葛就好。為了寫出壓倒性或是電視劇裡的那種故事高潮，我一直把重點放在糾葛的鋪陳上，完全沒想到讀者會因此而感到心虐。

閒聊一下

　　讀者都討厭地瓜，比較喜歡汽水。生活已經夠沉重了，因有趣才看小說的他們，不想再從小說裡感受到壓力。也有些讀者在開始看小說前，會先去看留言。如果地瓜相關留言太多，他們連看都不會看。

我之所以會有這樣的經驗，是因為我不知道付費連載的特性。看紙本書或電子書的讀者比較能夠忍受地瓜，但一天只看一章或幾章的讀者呢？

「不知道是不是因為一次看了好多章，我看不出哪裡有地瓜。」

「看完結局了，不覺得有很嚴重的地瓜現象。」

一次看到結局的話，可能還看不出什麼問題。但斷斷續續地看幾章的話，可能會覺得故事虐人。

「不要寫些地瓜！因為讀者不喜歡！」我的意思絕對不是這樣。我是要你去觀察讀者的反應，分配適當地瓜跟汽水的比重！

- 地瓜：誤會、苦難、糾葛、危急、障礙
- 汽水：勝利、報仇、和好、真實、懲惡揚善

想打開汽水，就要先餵讀者吃地瓜。要先有問題的出現才能解決問題呀！所以作家不可能刪除作品裡的所有地瓜，想製造緊張感，就要有地瓜的出現才行。

　　想懲罰反派角色，就要先讓他們做壞事。男女主角的誤會解開後，關係才會更深厚。

　　但不能讓主角陷入誤會、苦難、危急、閒言閒語中太久。沒有哪個讀者會討厭勝利、報仇、和好、真實、懲惡揚善。那麼該怎麼寫地瓜跟汽水才好呢？

> 1. 調整地瓜跟汽水的強度。
> 2. 寫情節時分配好地瓜跟汽水的份量。
> 3. 地瓜太長的話，就要更強烈、痛快地打開汽水。
> 4. 在地瓜裡放入少許的汽水，讓讀者喘口氣。
> 5. 研究讓讀者邊罵卻邊付錢看小說的地瓜撰寫技巧。

　　與其挑戰「一章一汽水」，我會建議你聰明一點使用「讓人看得下的地瓜」、「不會讓作品下台的地瓜」，同時附上讓讀者內心舒暢的汽水！

　　地瓜評價越多的作品賣得越好的傳聞，也在流傳於作家之間。也就是說，適切使用地瓜反而可以讓讀者更揪心。

10

何謂意猶未盡？

保證提高「下一章點擊率」的七大技巧

　　所謂意猶未盡，就是指**「讓讀者想看下一章想到快瘋，不看不行的結尾手法」**。這個用語不只出現在網路小說，網路漫畫、動畫、電視劇等也都很常使用。男女主角被困在充滿氣氛的地方，準備接吻的前一刻，或者是找到破解事件線索的瞬間，被敵人發現的時候，這些都是所謂的意猶未盡。

　　讓我們動員各種方法誘使讀者付錢觀看下一章吧！結尾的好壞是左右連讀率的關鍵，連讀率又等於銷售額，想成為職業作家，就要用必死的決心去防守好連讀率。

　　讓連讀率不停上升的「意猶未盡」！該怎麼寫呢？在這以前，你需要先做一件事，那就是，先做一章五千字的寫作練習。

📶 先試著每次寫五千字

　　「不是要教怎麼寫所謂的意猶未盡嗎，為什麼突然說起

字數來了？這根本一點關連也沒有啊！」

千萬別這麼說！所謂發揮意猶未盡的效果，就是在刺激讀者好奇心的場景中結束故事。若想在自己想要的場景下結束故事，就要好好地構思情節，所以作家**要熟悉符合情節又能調整字數的方法**。

有幾章洋洋灑灑地一下寫七到八千字？有幾章則寫到三千八百字左右就結束了？我遇過很多新手作家嘆氣詢問是否一定要寫到剛好五千字。

為什麼每章的字數都這麼參差不齊？因為小說是根據故事的走向分成好幾章，寫到一定程度後，大概就會知道哪個部分要放到下一章的內容裡，不可能每次都剛好寫滿五千字，所以每章才會有長有短。

「不能先一直寫下去，之後再以五千字為單位分割故事嗎？」

這麼做只會讓情況變得更複雜，無法發揮意猶未盡的效果。寫情節時也很難有策略地去分配份量，所以我建議你從練習寫作的階段就開始熟悉寫五千字的步調，這樣之後在正式寫的時候才會比較找得到手感。

「在這裡讓一個事件發生，這個時候稍作休息，最後再給它來個重擊！」

想成為職業作家就要盡快掌握手感，最好在構思情節的階段就開始思考大概要寫多少字。

戰鬥場景一千五百字，受傷場景八百字，恢復場景兩千字等等過於詳細的字數構想，並不是我想表達的意思。我想表達的是，要懂得在頭腦裡描繪一下每章情節，然後

大致抓一下份量，這樣有趣又踏實！

「讀者喜歡甜蜜的戀愛場景！」所以每章只寫戀愛戲嗎？再怎麼好看故事，重複好幾次也是會讓人厭倦的。

每章的強弱也需要有所調控，有些地方要強調，有些則輕輕帶過，有些是要具有緊張感。不論是句子還是情節都一樣！五千字寫作練習也同時是在練習這種強弱程度的調控。

該如何確認字數呢？選擇韓字軟體裡的「檔案」、「文件資訊」選單後，打開「文件資訊」的對話窗，在「文件統計」欄位上確認「字數（包含空格）」就可以了，快速鍵為 Control ＋ Q、I。（附圖2-2）

📱 立刻應用的意猶未盡七大技巧

已經習慣寫五千字了嗎？那麼，現在就來學學怎麼寫所謂的意猶未盡吧。

> **意猶未盡的基礎＝好奇心＋緊張感＋期待感**

除了要讓讀者對下一章的劇情感到好奇，還不可缺少故事的緊張刺激感，若能刺激讀者的期待感就更好。計算好地瓜跟汽水的比重後，就把讀者拉到下一章吧！

配合情節寫故事時，從第四千五百字開始慢慢地投入

緊張感。不需要設定每一章都有事件發生，平凡的對話和平淡的事件中，也能展現出所謂的意猶未盡。以下是像流水般自然地誘惑讀者的七個方法！

1. 脫離危機時結束故事

這是在餵完讀者或快要餵他們吃地瓜，譬如誤會、苦難、糾葛、危急、障礙等場景時，結束故事的方法，讀者會既憋悶又好奇主角如何戰勝難關。

> **範例**：
>
> 　　不看後方向前跑，每當呼吸時，肺部就感覺快被撕裂開來。只要打開大門就能甩掉那些傢伙了！我伸長手，就在一瞬間，可怕的痛楚環繞腳踝。糟糕！是陷阱！
>
> 　　　　　　　　　　　　　　—下一章待續

2. 事件解決前結束故事

勝利、復仇、反擊、和好、勸善懲惡等汽水爆開前結束故事的方式。與其讓讀者看到汽水再結束故事，不如一次性刺激讀者的期待感後再做結尾。想看汽水？那就要看下一章才行囉！

> **範例**：
>
> 「妳再逃啊，這邊更好玩呢！」
>
> 「你，你在說什麼！」
>
> 因帝國滅亡而陷入絕境的壞女人，用尖銳的聲音大喊著。事情一下就變成了這樣，實在不好玩，接著我嗤之以鼻地笑著並拿出拷問器具。
>
> 「為了幫助妳自首，不但奉獻了我的心和身體，還付出了我的時間跟誠意。」
>
> ——下一章待續

3. 以疑問句做結尾

想引起好奇心，沒有什麼是比問問題還更簡單的了，用疑問句結束故事吧。挑選讀者最想知道的問題，如此一來便會提升連讀率。

> **範例**：
>
> 「你不是說要傳授武功給我嗎？」
>
> 「是啊！但是這是在我知道你的體質之前的事。」
>
> 「卑鄙的傢伙！別說謊了！」

> 「你不知道嗎？難道你不曉得你的身體根本就學不了武功？」
>
> ——下一章待續

4. 角色出現時結束故事

角色的出現會同時刺激讀者的好奇心跟期待感。角色的出現也意味著事件的轉換，不論是新的角色，還是已經出現過的角色都可以。當讀者發出「你為何在這時登場？」的疑問時結束故事。

> 範例：
>
> 環繞著我們的空氣又變得更厚了，我知道他想從我這裡得到什麼，我也和他一樣。當他輕撫我的嘴唇時，玄關的門鎖突然打開了。
>
> 「竟然等到現在才見到妳呢。」白髮叢生的老夫人說道。
>
> 那是只曾在照片上看過的他的母親。
>
> ——下一章待續

5. 保留答案到故事結束

先別急著回答問題，稍作休息一下！在不怎麼起眼的

場景下，也可以發揮意猶未盡的效果。只是暫緩一下故事進度，卻會讓讀者忍不住好奇心。

> 範例：
>
> 「妳別再用那種生硬的稱呼喊我！」
>
> 「那要叫什麼？哥哥？大叔？科長？」
>
> 「不是，我不是指這些！」
>
> ─下一章待續

6. 做選擇的瞬間結束故事

到底要怎麼做呢？讓我們一邊在煩惱角色的時候，一邊做結尾吧！角色的煩惱越大就越緊張刺激。

> 範例：
>
> 選擇嵌有黑曜石的劍可以得到瞬間移動的能力，但選擇之後不能直視太陽。
>
> 選擇嵌上血玉石的劍可以得到四肢被斬斷也不會死的治癒能力，只是之後不能和女人行房。
>
> 老實說，我更需要治癒力，但是我又不可

能一輩子當處男？我還是四肢健全的男人呀！

—下一章待續

7. 暗示巨大事件後就結束故事

暗示讀者眼前這件事會帶來巨大的事件後，直接結束故事，暗示地瓜也好，給予汽水的提示也不錯。重點是，要無情地把讀者的期待感給搜刮出來，這種手法會讓緊張感自然而然跟著出現。

範例：

「你是認真的嗎？看著我的眼睛說。」

「當然是認真的啊。你不相信我嗎？」

「相信，所以才更失望！」他將視線往下看。那時我還不知道，這個小小的謊言，會徹底動搖我們兩人的關係。

—下一章待續

11

覺得作品會失敗，該如何修改才好？

拯救沒人氣小說的心肺復甦，善用「檢查列表」

　　很努力地寫了，但點擊率還是很低，也沒有收到出版提議，公開徵稿大賽還落選，投稿出版社也徹底失敗了。是不是應該要放棄這部作品改寫新的？要整個重寫嗎？新手作家的憂慮只會越來越深。把好好的作品丟掉，實在太可惜了。那麼，活路只有一條，那就是修改。該如何修改才好呢？讓我們一起運用下面的檢查列表，一項一項地檢視吧！

　　只要發現了問題點，就要果敢地去做修改，雖然肯定會痛徹心扉，但也是想讓作品能夠投胎換骨。但不是只有寫得好才代表文筆好，**要懂得客觀地指出自己的問題點才行**，這才是真正的文筆好。

📱 體裁清楚嗎？

　　若是男性向作品，主角就要是男性。若作品是女性向（BL除外），主角就一定要是女性。請記住！如果搞混主角

性別，那麼就算你使用了流行關鍵字，也一樣會淪為小眾作品。

如果放棄不了小眾題材，那就要盡可能去滿足喜歡該體裁的讀者需求。明明是浪漫小說卻沒有男主角，或是武俠小說裡一直出現男歡女愛的故事等，都會讓作品岌岌可危。

再重新確認一下自己作品的體裁夠不夠清楚！

📶 讀者群設定明確嗎？

即使都是浪漫小說，以三十幾歲女性讀者為對象的作品，以及設定十多歲女孩為讀者的作品肯定會不一樣。

若是寫遊戲相關的現代奇幻作品，則須決定是要以熟悉遊戲的讀者為對象，還是要往不懂遊戲的人也能看懂的方向去寫。**因為隨著讀者群的不同，使用的句子、詞彙等都會有所差異。**

是否分析了主要讀者群？是否使用了該讀者群喜歡的口吻？如果都不是的話，那就重新修改吧！

📶 標題看了會令人興奮嗎？

標題要夠獨特才行。**壓縮故事內容之餘，別忘了引起讀者的好奇心。**引不起讀者的好奇心，至少要具有足夠的侵略性。

就算是幼稚的標題也沒關係，用標題抓住讀者的視線

吧！你偶爾會看到內容維持一樣，只換了個標題就成功的案例。

作品介紹夠有趣嗎？

請動員各種方法吸引讀者來看第一章吧！還要讓讀者產生「這部小說感覺真的蠻好看的」、「故事設定很特別呢」等期待感才行。平淡、索然無味的作品介紹只會使得作品被徹底忽視。去參考人氣作品的作品介紹，然後把自己的修改得有趣一點吧！

有作品專屬的獨特性嗎？

跟隨流行趨勢不能保證小說一定會賣座。

不要從人氣作品中挑出類似的題材，只換湯不換藥。若是使用了讀者熟悉的關鍵字，那就要在裡頭添加一些新鮮感。**作家沒有專屬自己的配方是不可能會成功的**。想將這條路走得長遠一點的話，就要把自己獨有的特色刻在讀者心中。

> **閒聊一下**
> 讀者也可能不太喜歡過於創新的作品，所以請適當維持兩者的平衡。

📱 是否抓對視角？

先確認自己的作品適合以主角的第一人稱視角，還是作家的全知第三人稱視角。就算適合主角的第一人稱視角，若作家消化不了也沒用。也要去檢查哪些敘述使得視角變得混亂，或是一個場景中視角是否轉換太多次等問題。

📱 是否有策略地寫了第一章？

第一章一定要夠有張力、夠具戰略性才行。**第一章發揮不了作品魅力的話，讀者可是會跑掉的。**

第一章要展現的東西很多，要讓主角出現，解鎖主要故事設定，還要加入之後會發生哪些事件的暗示。請去構思一下情節，譬如場景分為幾個，該如何變換視角等。若有太無聊或冗長的句子請一律刪除。

📱 角色是否具有魅力？

不只是主角，配角也要讓人印象深刻、有魅力才行。不僅要有一致性，還不能忘記每個角色的個人特色。若角色像是在哪兒看過的話就修改吧！

太過完美的角色反而會很無趣。別忘了！角色的缺點有時也是一種優點。雖然花心力在配角、反派角色上固然是好的，但不能讓他們比主角更顯眼。

📱 主角是否有當主角的資格？

主角是否太被動、固執？是否太優柔寡斷而替身邊的人帶來太多麻煩？主角不討人喜歡，讀者是無法投入到小說裡的。**想讓主角率領故事，就要給他足夠的資格跟能力。**

主角的目標也必須明確的設定！唯有如此，事件才有足夠的動力引發，讀者才可以更容易進入角色。若是能讓主角在劇情中展現個人的變化與成長，那可是錦上添花！

📱 主角的比重會不會太少？

主角沒出現的話，讀者就會失去看故事的興趣。若是為了故事發展而減少主角的份量或只讓配角出現，很容易會讓作品踏入險境。如果非減少主角份量不可，請讓其他人物提及主角。讀者不像作家一樣，對配角和非主線故事那麼感興趣。

📱 每章出現人物是否太多？

讀者能記得的角色數量有限，而且一次出現太多人物，故事也容易變得雜亂鬆散。

即使是沒有名字的小角色，也要徹底計算好再放進故事中。若有三個配角負責類似的角色時，留下一名做代表就好了，而且我們也不需要幫只出現一次的臨演取名字。

📱 會不會太老套？

有誰會想看那些故事走向或角色行動容易被猜到的作品？

千萬別忘記讀者比作家還更專業！他們可能看過比作家更多的作品。**讓我們跳脫讀者的預期，來個劇情大反轉吧！**「膩」可是毒呢！

📱 事件夠恰當嗎？

如果只是羅列不同事件，小說絕對不會好看。在不脫離整體故事走向為前提下，要讓事件協調且自然地發生。

是否喪失因果關係？一章中是否發生了太多事件？請千萬要記得一件事，只靠偶發事件或為了充字數硬編事件等，都容易讓人對故事感到厭倦。**我們放了魚餌後就要確實把它回收！**

📱 故事的進行速度適當嗎？

故事進行的速度是否太慢導致歹戲拖棚？或是像蜻蜓點水般太快？雖然太快總比太慢好，但最重要的是要懂得調節速度的快慢。隨著體裁跟故事的不同，對速度的需求也會有所差異。盡可能在維持緊張感的同時調節一下速度。

📶 汽水乾旱，地瓜豐收的現象？

地瓜不可以過多，汽水不能介於常溫，別太沉迷於「折磨主角的樂趣」。亂給讀者吃地瓜的話，後面就得給他們更強勁的汽水。

沒必要去忌諱無計劃性的地瓜，雖說讀者討厭地瓜，但故事總不可能沒有糾葛，每次都只給汽水吧？檢視情節的時候要注意地瓜和汽水的比重。

📶 句子的易讀性高嗎？

讀者感興趣的不是厲害的句子而是故事本身，但若想成功傳達故事，就要從易讀性這件事開始注意。延續純文學的句子，以及過度繁雜冗長的描寫是很難受到讀者歡迎的。

句子的語氣也很重要，易讀性是基本盤，其餘還得找到跟體裁、故事等相符的語氣才行。

📶 說明是否過多？

寫說明的部分時是否捨棄不了很多字詞？這個部分會不會太無聊？沒有哪個讀者可以寬容大量忍受無聊的小說，所以請銘記，過度的說明只會變成一種毒藥。

世界觀、背景知識、資料調查等，這些東西只對作家重要，所以也請記住一件事情，不要用說明的方式，而是要用故事將其展現給讀者。

📱 是否活用台詞？

用台詞來讓讀者理解故事內容吧！比起旁白，讀者更喜歡台詞，要記得有些讀者甚至只看台詞的部分。

檢視一下台詞會不會太少，台詞是否夠生動、夠有魅力，刪去所有沒意義的台詞吧！

📱 有沒有過度艱澀的句子？

句子不夠直接，作品的易讀性就會下降。請寫些讓人大致看過就能馬上理解的句子吧！徒有外表的句子只會讓故事變得混亂，請把力氣花在故事上，而非句子上。

📱 是否有過多文意不通的句子、錯字、擬聲語？

寫正確的句子是作家的基本工作，信賴度下降會使讀者懷疑作者的實力，然後放棄看作品。在梗圖、縮略語、流行語等使用上也要慎重一點。

📱 是否發揮意猶未盡的效果？

讀者如果不好奇後面的故事發展就會棄讀作品，所以盡可能刺激讀者的好奇心來結束每一章吧！去看看要在哪個句子結束才會最有效果，好奇心、緊張感、憤怒、痛快感等，哪一種效果都好，只要能夠把讀者引導到下一章即可。

📱 是否修改得讓人好讀？

　　儘管內容相同，乘載的媒體不同，作品就會看起來不一樣，句子的協調性也會有所改變。用筆電、手機，或是印下來看的時候，感覺全都不同，我建議用各種方式讀看看自己的作品再去進行修改，還有記得一定要去檢視手機上呈現出來的效果為何。

　　結尾不等於結束，故事結尾後，要做的事還有一大堆呢。

　　有修改到讀起來很順暢嗎？與出版社來回傳遞校正稿幾次以後，會發現資料夾裡充滿草稿、一校、二校、三校本等不同的稿子。

　　參考各個平台的版面配置，先做出版面樣式後再來寫內容也是個不錯的決定。很多作家會盡量將每頁行數、行間隔、每行字數、字型等都設定成一樣，之後就會比較輕鬆。

　　排版樣式則是讀者用來看小說的手機格式。就算是同一句話，看得版面不同，感覺也會有很大的差異。想提高易讀性，就要按照讀者的視線高度去寫。我自己是交替使用NAVER SERIES跟KAKAO PAGE的版面。

　　每個平台有自己使用的字型，字的線體規定等細節也都不同，試著套用各種版面配置，心裡大概就會知道讀者看自己作品的視覺感受是什麼。

　　剛入行的新手作家都會拜託身邊的朋友幫忙看一下作品、給意見。雖然不需要將別人的意見照單全收，但如果是大家都共同指出的問題，最好還是修改一下那個部分。

자포자기하는 심정으로 물었다.

흐르는 눈물 탓에 세드나 공작의 얼굴이 흐릿했다.

"날 기억하지 못하는가?"

"저는 각하를 모릅니다."

"나는 그날 이후로 단 하루도 편히 쉰 적 없었다."

"그날이라니요?"

"한 달 전, 그대가 내 것을 훔쳐 간 날. 이래도 시치미를 뗄 건가?"

그의 물음이 매서워졌다.

온몸에 소름이 돋았지만 모르는 것을 안다고 할 수 없는 노릇이었다.

"무슨 말씀이신지 모르겠습니다."

— 1 —

"잊은 척도, 잊은 것도 용서하지 못한다."

"네?"

"결혼은 관두기로 하지."

듣기 좋은 저음이라고 생각했다.

그가 내 가슴을 둘로 가르기 전까지.

"아......!"

탄식과 함께 심장에서 피 분수가 치솟았다.

그때까지 나는 무슨 일이 벌어졌는지 몰랐다.

통증을 느낄 겨를이 없었다.

새빨간 피로 젖은 세드나 공작의 손이 천천히 빠져나갔다.

틈만 나면 발작하던 심장이 그 손 위에 있었다.

그가 차갑게 읊조렸다.

— 2 —

他自暴自棄地問。

都怪流滿面的淚水，Sedna公爵的臉龐變得好模糊。

「難道不記得我了嗎？」

「我不認識閣下您。」

「自從那天以後，我沒有一天能夠放鬆休息。」

「那天？」

「一個月前，妳把我的東西偷走了。還想繼續裝蒜嗎？」

他用嚴厲的語氣問道。

儘管全身起了難皮疙瘩，還是無法假裝知道不知道的事。

「我實在不知道您在說什麼。」

-1-

「不論妳是假裝忘記還是真的忘記，都令人無法原諒。」

「什麼？」

「婚先不結了！」

曾經覺得他低沉的聲音很好聽。

直到他刺了我的胸口兩次。

「啊……！」

胸口的血和嘆息聲一同噴了出來。

那時我還不清楚發生了什麼事。

沒有心思感到疼痛。

Sedna公爵沾滿鮮血的雙手慢慢地抽出。

曾經我跳動的心臟一有機會就會在他那隻手上。

那時他冷冷地低吟著。

-2-

▲ KAKAO PAGE 的版面樣式及中文說明

자포자기하는 심정으로 물었다.

흐르는 눈물 탓에 세드나 공작의 얼굴이 흐릿했다.

"날 기억하지 못하는가?"

"저는 각하를 모릅니다."

"나는 그날 이후로 단 하루도 편히 쉰 적 없었다."

"그날이라니요?"

"한 달 전, 그대가 내 것을 훔쳐 간 날. 이래도 시치미를 뗄 건가?"

그의 물음이 매서워졌다.

— 1 —

온몸에 소름이 돋았지만 모르는 것을 안다고 할 수 없는 노릇이었다.

"무슨 말씀이신지 모르겠습니다."

"잊은 척도, 잊은 것도 용서하지 못한다."

"네?"

"결혼은 관두기로 하지."

듣기 좋은 저음이라고 생각했다.

그가 내 가슴을 둘로 가르기 전까지.

— 2 —

他自暴自棄地問。

都怪流滿面的淚水，Sedna公爵的臉龐變得好模糊。

「難道不記得我了嗎？」

「我不認識閣下您。」

「自從那天以後，我沒有一天能夠放鬆休息。」

「那天？」

「一個月前，妳把我的東西偷走了。還想繼續裝蒜嗎？」

他用嚴厲的語氣問道。

-1-

儘管全身起了難皮疙瘩，還是無法假裝知道不知道的事。

「我實在不知道您在說什麼。」

「不論妳是假裝忘記還是真的忘記，都令人無法原諒。」

「什麼？」

「婚先不結了！」

曾經覺得他低沉的聲音很好聽。

直到他刺了我的胸口兩次。

-2-

閒聊一下

　　再多問自己一些其他的問題,最好可以做一張檢查列表。

📱 完稿檢查列表

範圍	問題	Perfect	Not good	Bad
讀者分析	體裁清楚嗎？			
	讀者群設定明確嗎？			
	平台合適嗎？			
讀者流入潮	標題看了會令人興奮嗎？			
	作品介紹夠有趣嗎？			
	封面是最好的版本嗎？			
	上傳時間是最能發揮效果的時候嗎？			
	連讀率情況還好嗎？			
題材	有自己作品專屬的獨特性嗎？			
	是否過於老套？			
情節	故事進行速度適當嗎？			
	有具備起承轉合的結構嗎？			
	汽水乾旱，地瓜豐收的現象？			
登場角色人物	是否凸顯角色魅力？			
	主角能讓人產生共鳴嗎？			
	主角的比重會不會太少？			
	每章出現人物是否太多？			
句子易讀性	是適合網路小說的句子嗎？			
	說明是否過多？			
	是否活用台詞？			
	有沒有過度艱澀的句子？			
	是否有過多文意不通的句子、錯字、擬聲語？			
結尾	是否發揮意猶未盡的效果？			
	是否修改得讓人好讀？			

第三章

從簽約到入帳，關於網路
小說家的所有事

你夢想有億萬的收入嗎？

讓我們從提高點擊率的連載技巧，

一直到確認合約書的方法，一起開始了解吧！

這裡只匯集走向職業作家之路的實戰秘訣。

01

網路小說要上傳到哪裡？

揭露平台和開始免費連載的秘辛

「我應該把自己寫的網路小說上傳到哪裡呢？」

這是新手作家最常問的前三大問題之一。「請推薦我一下平台」，「要先從哪個平台開始會比較吃香？」諸此之類的問題，很多人從選擇平台開始就已經感到徬徨了。

已經完成火辣辣的劇情概要了？稿子已經累積了十到二十章左右了？那麼是時候跟讀者見面啦！

免費連載平台比想像中要來得更多。**由於每個平台的定位跟讀者群都不一樣，所以要有策略地去做選擇才行。**如果商品是龐克搖滾風的騎士皮衣外套，當然就不能拿去掛在兒童服飾店或仁寺洞的傳統韓服店，因為顧客群不在那裡。

我這樣譬喻不是為了讓你只在一個平台上進行連載，作家可以在不同平台上同時免費連載同一作品。

📱 NAVER網路小說（附圖3-1）

整體來說，NAVER網路小說是以女性向體裁為主的平台。雖然現代浪漫小說在該平台是主要的流行**趨勢**，不過浪漫奇幻作品也正在大幅增加中。為了拉攏更多奇幻小說的讀者，該平台也持續擴大這類的作品。歷史浪漫小說也適合在此平台上連載。

新手作家可以在「**挑戰聯盟**」上進行免費連載，平台會透過審查主動將作品升級到「**暢銷聯盟**」。晉升到暢銷聯盟就可以變換封面，還有機會轉換成付費連載。但是，我不推薦在暢銷聯盟上把作品轉換成付費連載，這既賺不了錢，還會不利於之後參加投稿和公開徵稿大賽。到目前為止，暢銷聯盟裡會付錢看小說的讀者還不夠多，而且付費連載的作品是不能參加公開徵稿比賽的。

免費連載期間人氣夠旺的話，也有機會成為被媲美「NAVER網路小說之花」的「本日網路小說」正規連載作家，著名的《再婚皇后（재혼 황후）》也是出於免費連載的挑戰聯盟。

正規連載作家每個月都會收到固定的稿費，還會收到額外的預覽收入。另一個少不了的好處是，會被分配到一位專門負責自己作品的插畫師。受封面和插畫吸引才開始看小說的讀者出乎意料地多。

問題是想在挑戰聯盟裡生存下去，就如同天上摘星般困難，因為有其他無數的作品不斷地出現。不但作品容易石沉大海，累續「點擊率」、「喜歡作品訂閱」也很困難，

若非如此，這裡怎麼還又會被稱作為「地獄聯盟」呢？

如果你是女性向小說家，絕對不可以放棄NAVER平台，因為很多出版社編輯會埋伏在這裡，非常多作家都在挑戰聯盟裡收到出版邀請而出版作品。

想成為NAVER正規連載作家？除了從挑戰聯盟升級之外，你也有別的路。

1. 在NAVER網路小說公開徵稿賽中獲獎

每年等待NAVER網路小說公開徵稿比賽簡章的作家，數也數不完。鉅額的獎金、正規連載的機會、改編成網路漫畫的可能性等諸多獎項，都是參加NAVER公開徵稿大賽的作家們的夢想。該徵稿賽一開始是採連載形式，後來變成投稿形式，現在則又改回連載形式。連載形式時，點擊率的累積跟讀者投票佔最重要的部分。

2. 透過出版社參加正規連載審查

作家與出版社簽約後可以去參加NAVER的連載審查。我的作品《如夢似擁月》也是透過出版社才去參加審查的，等了五個月換來的結果卻是淘汰！更可憐的是，他們也沒有跟我說為什麼淘汰。但審查落選不代表一切結束，有時候會拿到「每日十點即免費」或「限時特惠」等反提案，至於要或不要就是作家自己決定了。

3. 作家自己去參加連載審查

作家不需要跟出版社簽約也可以去參加審查。劇情

概要、完成五章以上的稿件、作家經歷等資料用電子郵件（nbooksmaster@naver.com）寄過去就可以了。由於NAVER有限制參加資格，所以很可惜，新手作家不能參加。

NAVER網路小說的個人投稿條件如下。

> 1. 至少出版過一部以上的紙本長篇小說或曾經發行過電子書的作家。
> 2. 曾在網路小說平台上，正規連載過一部以上已完結作品的作家。

兩個條件中，只需滿足其中之一就可以投稿，就算審查落選也不要失去希望，因為有時候會收到NAVER子公司N.fic給出的反提案。只要沒有什麼特殊情況發生，跟N.fic簽約的作品，不需要經過審查就可以入駐NAVER SERIES「每日十點即免費」的宣傳活動。

NAVER是個奇幻、浪漫、浪漫奇幻等體裁都很流行的平台，只要看一下排行榜，就能知道哪些作品賣座，有不少作品一直以來都在排行榜上的前段班。

以前NAVER網路小說的正規連載要求每章七千字，現在改為五千字左右。NAVER SERIES也是以每章五千字為基準。

📱 KAKAO PAGE（附圖3-2）

KAKAO PAGE是個聚集女性、男性讀者的超大型平台。該平台雖然沒有專屬於業餘作家的連載空間，但近期跟進潮流，新開了一個叫做「KAKAO PAGE Stage」的免費連載空間，不過想在這裡進行正規付費連載的話，仍然需要跟出版社簽約才行。

女性向的作品中，以浪漫奇幻體裁的銷售情況最好。大部分的浪漫奇幻小說家都在盤算著「其他平台免費連載→出版社簽約→KAKAO PAGE宣傳活動審查→進駐KAKAO PAGE」的這條路。男性向作品中，奇幻小說比武俠小說賣得更好。

KAKAO PAGE最先引進每二十四或十二小時就可免費觀看一章的宣傳活動。亦即，有在看網路小說的人大概都有聽過的「**等待即免費**」。

有傳言說「只要進得了等待即免費，至少會賺進二千萬韓元」，儘管沒有過去好，「等待即免費」還是KAKAO PAGE宣傳活動的主力。「等待即免費」作品擁有其他宣傳活動作品沒有的曝光機會，兩者之間的讀者數量也有天和

地之間的差別。

上述的傳言並非空穴來風，我的出道作品《世子
嬪的大膽秘密》在「等待即免費」上發布後，賺了超過
三千萬韓元。

因為「等待即免費」的作品一般銷售都很好，所以作
家和出版社也都會希望作品能通過該宣傳活動的審查。有
些作家在挑選出版社的時候，還會看「該出版社出版多少
部『等待即免費』的作品、銷售二十萬以上的作品有多少
部」等。也有些作家在簽合約之前，則會問道：「是否有辦
法讓我的作品擠進『等待即免費』？」

當然也有作者對「等待即免費」抱持著懷疑的態度，
這是因為讀者免費觀看的章數，是不算在銷售額裡面的！
他們的立場大多如下：「明明是我讓大家免費看我的小說，
平台有什麼好往自己臉上貼金的呀？如果讓人誤以為網路
小說一律免費，到時是誰要負起這個責任啊？」

此外，對於很了解如何將作品轉換為付費連載的男性
向小說家，也不會執著於「等待即免費」。他們似乎很相信
「只要作品夠好看，就算沒讓讀者免費觀看，也一樣能賣得
好！」我非常羨慕他們這種信念跟自信。

然而女性向作品的情況有些不同。目前看來，除了18

禁作品以外，其餘體裁的作家沒那麼容易可以靠自己的力量將作品轉換成付費連載。據說18禁作品也是有大型平台的促銷活動會比較有利。因此**女性向作品的作家，特別是浪漫奇幻的作家們大多不喜歡需要等待三到六個月的「等待即免費」審查**，六個月後才收到淘汰通知的例子太多了，即使通過了，還要等待作品的發布順序，但聽說最近審查時間縮短到三個月以內。

閒聊一下

免費連載的成績單越好，會幫助縮短審查時間。

還有另一個宣傳活動叫做「獨家連載」，雖然沒有「等待即免費」那麼厲害，但審查時間相對較短。作品若拿到了提供一到三個月借閱券的「送禮物（선물함）」宣傳活動，不僅讀者數量會急速增加，如果還大受讀者歡迎的話，還有機會晉升到「等待即免費」，銷售額則是每個作家的狀況都不同。

雖然有些作家認為NAVER SERIES的「每日十點即免費」比KAKAO PAGE的獨家連載還要好，但有體裁、作品風格、流行趨勢等各種變數存在，所以還是很難說。各個平台會時常變換宣傳活動，也會聚辦各種不同的其他活動。不管怎樣，銷售高、被書商看中、出自名作家之手等作品都會有比較高的曝光率。

📱 MUNPIA（附圖3-3）

　　MUNPIA是最基本的男性向小說免費連載平台，最新的奇幻武俠小說趨勢可說是從MUNPIA開始的呢！

　　狩獵（hunter）、殭屍、企業經營、財閥、藝人等體裁都很適合該平台，想靠男性向作品賺錢的你，趕快去MUNPIA吧！但是這裡的女性向作品就沒那麼活躍了，還是有浪漫小說的公開徵稿啦……但MUNPIA的女性讀者也大多只看男性向作品。

　　跟NAVER、JOARA等其他平台一樣，免費連載論壇變得越來越活躍。新手作家加入會員，在「我的書房」裡面填完「作者簡介」後，就可以「註冊作品」。

　　新手作家要先從「**自由連載**」論壇開始才行，如果是上傳七萬五千字以上的作品，就有機會晉升到「一般連載」。

　　比一般連載曝光率更高的「**作家連載**」，是僅限曾經出版兩部以上的紙本書或電子書作品的作家才能申請。若是第二部作品要在MUNPIA上獨家連載的話，只需要有一部已完成的作品就可以進入作家連載。

　　MUNPIA跟JOARA一樣，都要擠進二日暢銷榜才有機會吸引到大批讀者。所以我建議**徹底研究擠進二日暢銷榜的方法後再去進行連載**。二日暢銷榜會顯示二十四小時內、1到103名的最新點擊率，並按照該點擊率顯示排行名次。

　　在上下班這種讀者大量湧入平台的時間點上傳作品，也是個提高點擊率的好方法，但最好要避開知名作家上傳作品的時間。

　　標題要寫得讓人產生「一定要寫這麼肉麻的標題嗎」、「這標題太誇張了吧？」之類的想法，也不能因為標題下得太超過而感到害怕。**就算很幼稚，重點還是要先抓住讀者的目光，尤其新手作家更應該這麼做。**

　　持續一天上傳一章以上的作品，慢慢累積喜歡作品訂閱數吧！不要因為喜歡作品訂閱數不高，就隨意停止連載。在累積一定的喜歡作品訂閱數後，再想辦法進入二日暢銷榜才是最有效的方法。

MUNPIA的讀者年齡層偏高，很多讀者就算不留言也不會吝嗇付錢。所以只要喜歡作品訂閱數、連讀率都不錯，就試著轉換成付費連載吧！MUNPIA上有很多作家都靠付費連載發展得不錯。如果你是寫男性向小說的作家，我建議先在MUNPIA上累積免費連載讀者，轉換成付費連載後，再往故事結局推進，如此一來才能提高自己所在的位置！

📶 RIDIBOOKS（附圖3-4）

　　雖然RIDIBOOKS是個很像電子書書店的平台，近期卻呈現驚人的成長趨勢，該平台主打女性向、18禁浪漫、BL等體裁。隨著平台發展漸入佳境，RIDIBOOKS發布了更多不同體裁的作品；雖然沒有類似像KAKAO PAGE「自由連載」的論壇，但接受個人投稿。

　　由於這裡18禁浪漫、BL等體裁的名作家和讀者都很多，所以要通過RIDI審查並不容易，特別是附上橫幅廣告的「RI等待免費」、「今日RIDI發現」的審查，都是出了名的嚴格。

閒聊一下

　　以前都是等其他平台獨家發布結束後，才在RIDIBOOKS上進行二次促銷活動，但近年來情況變得不同了，這裡的首次公開的宣傳活動變得非常競爭。

雖然RIDIBOOKS主要是坐擁大批死忠讀者的現職作家進行活動的平台，但這裡的評價、留言也不會對新手作家手下留情。

為了維持健康的精神狀態，很多作家都選擇不看RIDIBOOKS的留言。我自己在看了「作者沒文筆還想著要賺錢呢！真浪費錢」等留言後，三個月內吃不下飯。雖然滿足不了讀者是我的問題，但之後要看留言前還是會先深呼吸一段時間，有時候甚至會連看也不看。

📶 JOARA（附圖3-5）

JOARA可謂新手作家的天堂，是一個**免費連載專區十分活躍的平台**。因為讀者跟作家都很多，所以出版社相關人士也會特別留意該平台上的作品。雖然很多人都說該平台發展已經不如從前，但它依舊是個不可忽視的平台。

想進行免費連載的話，只要加入會員，在「我的頁面」中進行「註冊新作品」即可。作品封面有分成「貴族」、「高級」等付費專用類別，以及免費、自製、外包等類型。

開始浪漫奇幻小說的免費連載時，千萬不可忘了JOARA。若作品在JOARA上受到歡迎，你會接大型出版社的電話接到手軟。KAKAO PAGE的「等待即免費」審查，也很看重作品在JOARA上免費連載的成績。

也有傳言說：「想進入JOARA的『等待即免費』專區，喜歡作品訂閱數要超過兩萬才行。」不過，最近基準下降了一些，這就代表累積喜歡作品訂閱數並不是一件容易的事！

　　喜歡作品訂閱數達三萬的超人氣作品，其審查會進行的非常快，果然受讀者歡迎就是不一樣。但就算喜歡作品訂閱數低於一萬，也不需要感到挫折。

　　我在JOARA上免費連載《Evangeline結束後》的喜歡作品訂閱數大概就是一萬左右，雖然不差，但也沒有很厲害。多虧留言和讀者推薦，我記得當時連載期間還算很開心，也有很多讀者支持我正式出版該作品，甚至等我換到KAKAO PAGE上連載時還繼續追書。

　　該說是托這件事情的福氣嗎？曾經獲得送禮物宣銷活動的《Evangeline結束後》，在這之後也晉升到「等待即免費」。還記得當時很多讀者都替我感到很開心，如同慶祝自己的事。為了報答讀者的心意，我還請求出版社的諒解，拜託他們讓我在JOARA上免費連載作品到結局。明知道這會造成付費銷售的負面影響，但出版社還是很寬宏大量地答應我。最後不僅讀者開心，我自己也很心滿意足。然而，在這之後我就沒有再免費連載整部作品了。作家是職業，作品則是飯碗，一輩子都在免費連載的話，作家就得喝西北風了。

可以理解免費連載平台讀者的失望，因為免費觀看的作品只要一受歡迎就會馬上移到別的平台。「我們是白老鼠還什麼嗎？沒利用價值了就丟掉啊？」如此想法也會出現在讀者心中。若因為出版的關係必須中斷連載，希望你可以取得讀者充分的諒解。

那麼該如何在JOARA累積喜歡作品訂閱數呢？必須絞盡腦汁，往**二日暢銷榜**進攻才行。JOARA是綜合作品份量、點擊率、推薦數、喜歡作品訂閱數等各種分數後，再計算出暢銷指數。暢銷指數排名1到100的作品可以進到二日暢銷榜，跟MUNPIA一樣，進到二日暢銷榜後，不但會增加許多曝光機會，讀者還會變多，然後持續保持在前段班的好成績。

作品不可能在第一章就進入二日暢銷榜，統計下來進入二日暢銷榜都是從第二十章開始，暢銷指數則是在每天晚上十二點歸零，所以上傳第二十章的時候最重要。想進攻二日暢銷榜，就要在晚上十二點連續連載。先累積喜歡作品訂閱數，再挑戰二日暢銷榜吧！作品不管再怎麼好，結果還是會隨著進攻日期、當天運氣等因素而有所不同。

若成功進到二日暢銷榜的第一頁，也就是前二十名的話，就用連續連載的方式繼續衝高名次。當然，有些作品不需這麼做就直接取得第一名。

如果沒進到二日暢銷榜，那就要避開晚上十二點這個人氣作家們上傳作品的時段，但是要趕在上下班或凌晨時段抓住讀者的視線才行。

📱 BOOKPAL（附圖3-6）

　　BOOKPAL是以女性向，尤其是主打18禁現代浪漫作品的平台，也因此逐漸**促進付費連載**制度。這是出版社直接經營的平台，所以接受個人投稿。完成「我的作品」、「作品目錄」、「開始寫我的作品」等步驟後，就可以開始進行連載了。

　　BOOKPAL將作家分成很多不同的等級。先從「一般作家」開始，完成一部作品後就會變成「誠信作家」，完成三部作品後，則會晉升為「人氣作家」，想成為「專業作家」就要有三部作品在BOOKPAL提前發布。如果簽了跟BOOKPAL的專屬合約，就可成為「推薦作家」。若是整月銷售達首位，可以再晉升為「明星作家」。

　　假設你不知道上傳作品的方法，請去看一下「BOOKPAL作者之家使用方法」。18禁作品多，所以還另外有所謂的「內容檢查說明」。絕對禁止美化犯罪、違反兒童法、近親相關、獸姦題材等內容，標題和封面的尺度也不能超過一定的規定。如果你在寫18禁作品的話，請仔細參考這些事項。

　　免費連載後需決定要往出版和投稿這條路走，還是要

將作品轉換為付費連載。「明日也免費」、「僅有三天免費」等促銷活動都很受作家們歡迎。

閒聊一下

　　雖無字數限制，但把份量控制在五千字左右，之後正式出版時會比較輕鬆一點。付費連載期間，如果份量過少則會引起讀者的抗議。

📶 ROMANTIQUE（附圖3-7）

　　ROMANTIQUE是出版、流通、銷售等各種功能齊聚一堂的平台，以女性向作品、現代浪漫體裁為強項。平台本身有合作出版社，所以收到出版邀請的機會比較多。

　　該平台的名聲雖不如前，但很多作家都認為ROMAN-TIQUE具有獨特的氛圍。只不過對「剛起步」的新手作家來說，是相對難以突破的平台。想進到「一般作家」的行列，至少要完成一部以上的作品。基本上要橫掃點擊率才有辦法成為「名譽作家」。但是也很多人在「起步作家」階段就收到出版邀請，然後出版作品。

　　除此之外，還有像ONESTORE這種結合電信業者的平台、教保文庫的TOCSODA、YES24、HONEYMUN、BRITG、BOOKCUBE、SNACKBOOK、STORIA等各式各樣的平台。在這之中選擇最適合自己作品的平台吧，選對

平台是決定成功與否的關鍵！

閒聊一下

　　想寫現代浪漫小說的話，我會推薦NAVER跟ROMANTIQUE的自由連載，但ROMANTIQUE比NAVER的讀者年齡層再高一些。

如何提升點擊率？

成為擁有百萬下載次數作品的特級秘訣

「愛的相反不是恨，而是冷漠。」
—埃利・維瑟爾（Elie Wiesel）[1]

對網路小說家來說，讀者的冷漠是最致命的，無留言比惡意留言還來得更可怕，此話並非空穴來風。

如果啃咬指甲努力寫出來的作品失敗了，會造成作家無法計算的傷痕。在我們怒喊著：「為什麼我的小說不好看？為什麼我沒有寫小說的資質？」以前，先讓我們回顧一下，可能並不是小說無聊、不好看，而是你用錯了方式。

邁向百萬下載次數的第一步，就是找到問題點，然後修正它。

📶 從平台開始檢查起

　　首先確認自己是否選對了適合的平台。上傳現代奇幻小說到BOOKPAL是不會吸引到讀者的，想靠BL小說在MUNPIA大紅大紫也是不可能的。

　　找到了適合自己小說體裁的平台，卻引不起讀者熱烈的反應？這有可能是因為連載處太少的關係。請去各式各樣的平台上連載作品，盡可能讓更多人看見自己的小說。

　　A平台的主要讀者和長駐在B平台的讀者不一定會一樣，每個月花十萬韓元的網路小說沉癮者會逛的平台幾乎都是固定的。所以男性向作品就要前往MUNPIA，女性向作品則一定要進攻NAVER或是BRITG、TOCSODA等平台。

　　各個平台統計排行榜的方式都不盡相同。所以沒人會**知道自己的作品會在哪個地方、以什麼樣的方式紅起來。**

閒聊一下

　　如果你寫的是小眾題材，我建議你要去更多平台上同時連載作品。

1　編註：埃利・維瑟爾（1928 － 2016）是一位作家、政治家，以多種身分活躍於世，曾經獲得諾貝爾和平獎，其作品有《夜》等。引文原文為粗體字部分：「**The opposite of love is not hate, it's indifference.** The opposite of art is not ugliness, it's indifference. The opposite of faith is not heresy, it's indifference. And the opposite of life is not death, it's indifference.」

此外也別忽略平台讀者的反應，例如讀者特別喜歡哪幾章？在哪種情況下容易被讀者罵等等，都要一一去檢視。雖然不需要完全接受讀者的意見，但最好還是虛心接受那些被反覆指出的問題。

會留言批評作品的讀者表示他們其實喜歡那部作品，不喜歡作品的讀者會直接棄讀。讀者是抱持什麼心態才會留下「請就此停筆吧！」的留言呢？這是他們為了（刻意）表達自己的心聲，「我曾經期待作品會非常有趣，結果我卻失望了。」

📶 修改標題、作品介紹

第一章的點擊率就不高，即表示封面、標題、作品介紹等不夠吸引人。在委託製作高級的封面以前，要先修改標題跟作品介紹。標題和作品介紹的重要性，我在前面已經強調好多次了。

列舉故事的作品介紹是不會吸引人的，在哪兒看過似的老套題材也無法抓住讀者的目光，要摻雜對話和幽默感，有點超過也無所謂，只要知道如何引誘讀者就好。

參考名著的作品介紹後，自己試著用不同的設定、概念去寫寫看。當然可能不只是單純的標題、作品介紹，也有可能是題材太老，句子不夠簡潔，角色人物不討人喜歡等問題，所以先不要太早放棄。

文筆這種東西不會一夕之間就變好，雖然在文筆變好之前，只能忍受寒酸的點擊率，但我們能做還有去研究可

以彌補文筆的其他技巧，像是練習下標題，寫作品介紹就是其中之一。

📱 只有連讀率一條活路

持續觀看作品的讀者比例和銷售額是成正比的，那麼我們該如何提高連讀率呢？維持連讀率的方法是什麼呢？現職作家總是為了連讀率傷透腦筋。

第二章的點擊率比第一章低，第三章的點擊率則比第二章更低，這種情況是很自然的。第十章以前的點擊率都維持得差不多，第十一章卻突然下降，就再也回不去了？這代表第十章未能成功維持連讀率，這時候就要回去看第十章裡發生哪些事，有哪些問題，找到讀者棄讀作品的原因。

閒聊一下

作為讀者，覺得小說無聊就不讀即可；作為作家，則要縝密分析小說為何變得不好看。

是故事進展太無聊了嗎？角色人物沒有發揮魅力？只有配角活躍？還是故事設定令人不悅？背景說明太無趣？一項一項去確認吧！

最重要的是要給讀者「之後會一直出現有趣的故事」

的期待感，打開汽水固然好，但主角一口氣變化成長或贏得巨大的成功，會讓後面的故事顯得張力不夠。浪漫小說也是一樣，男女主角若是在故事一開始就沒有任何阻礙，順利獲得幸福，讀者就不會好奇後面的故事了。

　　網路小說近期有變得越來越長的趨勢，浪漫體裁小說也有類似的走向，更不用說奇幻小說了。每章變得越長，連讀率維持就會變得越困難。

　　很多作品的開頭部分都很有趣。清新的故事設定，加上具有魅力的角色人物，一下子就寫好了二十到三十章，但問題在中後半段。該怎麼做才能維持讀者的期待感，又同時娓娓道來故事呢？

> **1. 平均分配魚餌。**
> **2. 適當地使用意猶未盡的效果。**
> **3. 不要一次解決所有的問題。**
> **4. 分配情節強弱。**
> **5. 刪除無趣的部分。**

　　沒有讀者會忍受為了湊字數而寫得拖泥帶水的小說，若對下一章沒興趣，讀者是不會花錢去看的。

　　影響連讀率的「意猶未盡」，已在本書第189頁詳細說明過，請將這部分看兩次。

📶 可能是上傳時間的問題

　　如果湧入觀看作品的讀者很少，可以試著改變上傳作品的時間點。如果讀者群是二十到三十歲的上班族，就要在上下班的時段；若是以青少年為對象的作品，就要在上下學時間上傳。相反地，有些作家會選擇在沒有人上傳作品的凌晨進攻。總而言之，還是要去了解自己的讀者都在哪些時段？星期幾看網路小說？

　　想進攻二日暢銷榜，時機很重要。有些作家在攻佔二日暢銷榜前會先進行分析，確認哪部作品在幾號被訂閱為喜歡作品；在星期幾、連續連載幾章之後，才進入二日暢銷榜等。

　　當然這不會有一定的公式。儘管文筆重要，運氣也佔很大一部分。為了拯救自己的作品，不管什麼都去嘗試的態度才是最重要的，別因為點擊率不高就停止連載。一次也沒有把作品寫完的作家，永遠都只是個把成為作家當夢想的人而已。

03

哪個出版社比較好？

如何挑選適合自己作品的出版社

只有出版社在挑作家嗎？絕對不是的！**作家也要懂得挑選出版社**，而且還要仔細挑選才行。隨著簽約出版社的不同，每個月銀行帳戶裡的版稅額也會不一樣！

小規模、一人出版社日益增加中，網路小說界也是如此，四處發送出版邀請的新興出版社非常多。

出版社：敝社想出版作家您的作品！

作家：我的作品終於被看見了啊！立馬來簽約吧！

我知道收到出版邀請的你有多麼感動，但請先冷靜一下！在簽合約前，你不會知道出版社到底是自己的貴人還是仇人。不對！應該說在出版前都不會知道。我常常收到別人問關於出版社的問題。

「○○出版社、◇◇出版社評價怎麼樣？我收到了出版邀請，應該跟它們簽約嗎？」

「○○出版社非常好，絕對要避開◇◇出版社！」

儘管我希望可以給出如此乾脆的回答，但事情沒那麼容易。因為對我來說很棒的出版社，可能對某個人來說是最差勁的。相反地，對某個人而言是超棒的出版社，可能對我來說是很差勁的。根據作品、作者性格、責任編輯等差異，出版社的評價也會有180度的不同。

沒有資訊也沒有經驗的新手作家該怎麼辦呢？只要學習找出最適合自己的出版社就行了！

📱 若目標只是出版，你會變成窮光蛋

只要完成整部作品，出版就不會是件太大的難事，因為網路小說的電子書不像紙本書，不需要花到太多錢。

若捨得把作品交給新興出版社，那出版就很容易，但是出版前要確認幾件事。出版本身的目的為何？是為了成為很會賺錢的專業作家嗎？如果是的話，比起出版電子書，你應該要以付費連載為目的才對。出版電子書不是件壞事，也有一些作家靠電子書賺了很高的收入，但是這對新手作家來說不是一條簡單的路。

要進駐平台、取得宣傳活動的資格，才能以職業作家的身分生存下去。**沒有宣傳活動的作品，被淹沒在其他作品中只是一瞬間的事。**好幾個月以來費盡心血寫成的作品，最後連炸雞價都賣不到的話，那會有多可惜啊！

免費連載、投稿、宣傳活動審查等等，沒有哪一樣是簡單的，尤其對訓練期間不長的新手作家更是如此。當點擊率沒有起色，投稿也接二連三失敗時，就會突然產生

「只要能出版，我就了無遺憾」的想法，這時候要特別小心。

📱 不要被甜言蜜語的出版邀請郵件動搖

光收到出版提議郵件就夠令人驚慌失措的了，還一字一句的稱讚我的作品，我的作品到底有多優秀呀？

「還會有多少出版社會如此看好我的作品？當然不能錯失這個既是第一次，又是最後一次的機會！」

我真的看過很多新手作家被這種看似充滿誠意的評價所誘惑，接著直接簽約了。編輯們是專家，他們很清楚作家想聽什麼樣的話。

看著編輯稱讚自己的作品多有創意和魅力，對作品的未來有多期待等的評價，就會開心到心臟都快跳了出來。但是高興歸高興，簽約又是另一回事。我知道你有多開心，但先冷靜下來吧！

只要是會賣座的作品，你自然會不斷收到出版邀請，所以不要收到第一個出版邀請就馬上簽約，安靜地再等等看吧！直到開出更好條件的出版社出現為止。

等了再等還是沒有任何消息？千萬不能因為這樣就急著簽約，一定要先確認這間出版社會不會讓自己後悔！

📱 從自己想要合作的出版社開始找起吧

去自己想入駐的平台裡搜尋該出版社的名字，該出版

社出版幾部什麼樣的小說？宣傳活動好不好？讀者數量有多少？封面質感如何等都需要做確認。

出版社一般都會有自己的部落格或社群媒體，**只要搜尋一下，大概就能知道是個什麼樣的出版社了**，有時也會是自己想合作的出版社。這間出版社很會幫作家拿到宣傳活動的資格？出版過跟我的小說風格類似的作品？跟許多暢銷作家合作？雖然最重要的是要找到會把自己作品賣得好的出版社，但作家各自偏好的出版社都不一樣。

我也推薦你自製表格，列出自己想合作的出版社。別忘了！鮮明的目標是達成夢想的捷徑。就算沒有從想合作的出版社那裡收到出版邀請，你也不用感到失望，因為還可以透過投稿簽約，男性向作品的話還可以在MUNPIA上進行付費連載。

📶 大型出版社不一定就是好的

「你真是優秀的人才！是否願意一起合作呢？」沒投履歷就收到大企業這種聯絡，心情該有多好呀？如果收到任何人都知道的超大型出版社給的出版邀請，都會因為想炫耀一番而牙癢癢的呢。

宣傳活動審查最看重的就是「作品內容」和「商業價值」，不過坐擁許多暢銷作品的大型出版社，其宣傳推力也不可小覷。這也是為什麼很多作家會偏好大型出版社。

但是大型出版社不一定就是好的，現實世界是很無情的。大型出版社每個月都會發布無數的作品，而且本來就

有好幾個已簽約合作的名作家，所以相對來說可能會對新人作家的管理不足，作品還可能被擠到行銷邊緣，或是沒能被好好對待。甚至還有因為出版社不斷要求修改，最後作品失敗的例子。換句話說，**和大型出版社簽約不代表作品就一定會賣得好，也不保證一定會拿到宣傳活動。**

📶 小型出版社特有的好處

我與小型、新興出版社的簽約經驗並不多，所以我不太清楚有什麼優缺點。再加上，出版社本身出版作品不多，其中能拿到好的宣傳活動的作品也相對較少。也有些小型出版社會有結算系統等公司體系較不穩定的情況。

不論是大型還是小型，都會有對作家不理睬的出版社，所以出版社越大不代表越不照顧作家，越小就照顧得越好。「小型出版社不是反而會更仔細對待作品嗎？」這種盲目的期待感最後可能會迎來後悔。「不管運氣好不好，總是大型出版社比較好吧？」要怎麼選擇都是你的決定。

小型出版社的優點是什麼？當我問同行這個問題時，大多都表示會積極給予反饋，仔細檢閱稿件、管理作家，也會收到相對較高的收益分配等。因為一位編輯要負責的作品數量比大型出版社的編輯還少，所以在溝通、行程管理上都比較容易。

也有些作家認為會有跟出版社一起成長的成就感。現在發展好的出版社不一定幾年後也一樣發展得很好，小型出版社日後壯大成長為大型出版社，也不無可能。請記得

一件事！就算是小型出版社，只要他們的風評良好，又很積極宣傳我們的作品，那就可以成為對自己最好的出版社。

📶 積極運用作家網路社群

如果怎麼搜尋都還是找不到相關資訊的話，請去參考作家網路社群。

「有沒有誰跟○○出版社簽約過？麻煩給予一些關於宣傳活動或作家管理的建議。」

如此誠懇拜託的話，現職作家們會告訴你他們自己的經驗。我自己在新人階段時，也受到前輩們很多幫助。我下定決心寫網路小說教學書，也是為了要報答對他們的謝意。**但是禁止直接把出版社的名字講出來！**如果不是非常新的出版社，只要用韓文字的初聲標示，大家都會看得出來，敏感話題還是留到私下聊天的時候再講比較好。

閒聊一下

盡量不要一加入作家網路社群就馬上提問，在提問之前，先自己去查查看。得到別人的回覆後，記得感謝回答的人特別抽空給建議。

當然，網路小說界也有被大家公認必須避開的出版社。雖然無法直接點名告訴你是哪一間，但有些出版社會

發生聯絡不到編輯、資產不透明、不準時給版稅、印刷不準時等。甚至還會有出版社將校訂、校閱的工作推卸給作家，以及封面預算是○○元，剩下的金額出版社則要求作家自己支付。雖然說新人作家比起付費連載，更傾向於發行單行本，但是很遺憾的是，現今仍存在荒謬地毀謗作家的出版社，以及侵害作家著作權的出版社。

不過，現職作家的建議不是絕對的，別忘了這些都只是個人經驗。

最後的判斷要由自己來做，責任也是由自己來承擔！

「◇◇出版社每到節日時都會送禮，也很積極進行二次促銷活動。△△出版社在作品發布時會給蛋糕禮券。▽▽出版社則是會給完稿禮物，也會去幫忙協調我想合作的封面插畫家。」

我偶爾也會幫出版社說好話，毫無保留分享出版社的優點。每個作家都有自己喜歡跟不喜歡的點，我自己是比較重視跟責任編輯之間的默契和磁場。自己默默景仰的編輯辭職的話，還會有一段時間感到徬徨。縱然知道這是個離職頻繁的行業，無可厚非，但還是很難放下和喜歡的人長期工作的貪念。

就像作家希望遇到好編輯一樣，編輯也希望找到好作家。每當看見比我還更重視、積極對待作品的編輯，就會想跟這樣的人長期合作，成為更好的作家。如果是個好作家，同時也是個暢銷作家的話，那就再好不過了。

該如何看合約書呢？

簽約之前一定要確認的七件事

收到出版邀請了！投稿成功了！在公開徵稿大賽中獲獎了！

想成為當紅作家、暢銷作家、年薪億萬作家，就要先從合約書開始寫起。有很多作家因為合約沒寫好，最後欲哭無淚。有時還有些作家因為被不公正的合約綁住，結果放棄了作家之路。

即使只有一方單方面受害，要廢除合約也不是件容易的事，最糟的情況還有可能要付違約金。

那麼我們該怎麼做才好呢？簽約之前一定要仔細確認七件事！如果有讓人疑心的部分或毒丸條款[2]？那就不要簽約了！雖然可惜，但取消婚約總是比離婚來得好。

收益計算比率多少？

首先要先確認收益分配的比例。**扣掉平台手續費後剩下的銷售淨額中，作家跟出版社各自可以拿到多少比例，**

這是件非常重要的事。計算比例根據每個出版社，不同作品體裁都有些許不同。

閒聊一下

　　銷售淨額又指「總銷售」、「淨利」、「整體銷售額」等。

　　如果全部是十，作家一般可以拿到七，出版社拿到三。據說現代浪漫的比例是六比四，但也不全然都是如此。當然，名作家的話就是八比二或更高。中、大型出版社中，六四分的比例還算普遍，新興出版社似乎大部分都是七比三。

　　如果是涵蓋紙本書出版的合約，比例會再下降一些。我曾經簽過兩次包含出版紙本書的合約，收益計算比例都是五比五。我打算之後不要再出紙本書了，因為基本上紙本書的收益就是固定版稅（보장 인세）。雖然現在是這麼打算的，但一兩年後會怎麼樣誰也不知道。不過作家的收益計算比率有稍微變高的趨勢。

2　編註：概念近似「不平等條款」，會為未來留下隱患的有害條款。

📱 獨家合約期間多長？

仔細看合約書的話，會發現「獨家公開傳送權」這個用語。簡單來說，就是指作品只能透過簽約出版社進行流通、傳輸。近年來**一般都是兩到三年**，如果規定比這個更長的年限，就建議不要簽約。

那麼簽約期限結束後要怎麼辦？一般每年會自動更新一次，如果想結束合約，在合約束前通知出版社即可。

📶 協助爭取哪些促銷活動？

我已經強調了好幾次，網路小說的致勝關鍵在於宣傳活動。也就是說，作品的命運根據宣傳活動的不同，可以分為暢銷作品以及不見經傳的作品。就算合約書裡沒有提到宣傳活動的相關條款，還是一定要在簽約前確認。

作家：作品可以拿到哪種宣傳活動？
出版社：比起KAKAO PAGE，您的作品比較適合NAVER SERIES或RIDIBOOKS。您覺得「等待即免費」或「每日十點即免費」這類的宣傳活動怎麼樣呢？

別光聽到這裡就興奮不已，這只是說會協助你參加宣傳活動審查，並不能保證結果，最終結果還是由平台來決定。

叫一個JOARA喜歡作品訂閱數只有一千五百人的新手作家，去參加KAKAO PAGE的「等待即免費」宣傳活動審查，這種出版社令人非常懷疑。既不是18禁作品也不是短篇小說，出版社卻建議出版RIDI電子書？如果溝通之後，出版社依舊維持已見，最好還是放棄簽約比較好。你也可以事先決定好適合自己作品的連載形式，以及想要的宣傳活動。

📱 如何幫忙製作封面？

就算合約書沒有包含封面相關問題，還是要事先確認。是字體封面還是插畫封面？預算多少？是否能請到自己想要合作的插畫師等等。

很意外地，有許多讀者都是從封面決定要不要看小說。想將封面交給有名的插畫師負責，就要從幾個月，甚至幾年前就先預約好，費用也是天差地別。所以我們要先去確認，該出版社過去出版的作品都使用哪種封面，如果封面品質太差，就不需要多考慮了。

📱 事前版稅有多少？

一般來說，每部作品的事前版稅（MG，Minimum Guarantee）大約都是五十至一百萬韓元左右。聽說如果是作品品質受到認可的作家，可以拿到兩至三千萬韓元。有些出版社不會支付事前版稅，但跟他們要的話，通常都會給。

顧名思義，如果沒有達到「事後」，就無法計算收益比例。通常都是簽完合約或完成稿子後才拿到事前版稅，出版後若銷售額超過事前版稅，就可以拿到一般版稅。總而言之，兩者的差異只是先拿還是後拿自己應得的錢而已。

閒聊一下

　　近年來，簽約金基本上就是事前版稅。如果是額外再給簽約金，那就感恩不盡囉！不過，很少出版社會這麼做。

　　如果作品銷售額沒有高於事前版稅？別擔心，不會要你把錢還出來的。如果收的是作家事前版稅，而不是作品事前版稅的話，就要透過下一次作品銷售額來還債。不過，若沒什麼特殊狀況，一般都是簽作品約，反正也不會有出版社給新手作家好幾千萬韓元的事前版稅。

閒聊一下

　　我們也要確認何時會收到事前版稅！有些出版社會在簽約後馬上給，也有些會在完成稿件後才支付。

📱 校稿程序多長？

每間出版社的校稿程序都不一樣。有些出版社會進行一校、二校、三校等，經過數次校稿。也有些出版社連編輯的審閱都沒有，只改了錯別字後就出版。

是否承受得了大幅修改的校稿？是否喜歡仔細的校稿？簽約前，先問一下關於校稿的事吧！此外，很多時候編輯負責人跟校稿人是兩個不同的人。

📱 是否有中途審閱？

每個作家喜歡的審閱方式都不同。有些人非常想得到編輯的意見，有些則只會參考最終審閱意見。

我自己是比較喜歡中途審閱和最終審閱各一次。如果是合作很久的編輯，會在寫劇情概要的階段就去詢問意見。

閒聊一下

這是和某間出版社簽約時發生的事。我問了編輯大概何時可以給我最終審閱意見，編輯說他要用電話跟我說。不用書面，而是用電話跟我說？在一陣震驚後，我請編輯用電子郵件將審閱意見寄給我，然後就把電話給掛了。世界上存在著各式各樣的編輯，所以還是要事先確認好。

📱 事先了解二次著作權的收益計算比例和結算日

　　作品可能會被改編成網路漫畫、遊戲、電視劇、電影等，所以要先了解二次著作權的收益計算比例。如果合約書上沒有相關條款，最好追加附上。

　　收益結算日都會寫在合約書上，每間出版社核對結算單的方式也不一樣。如果想知道結算單上的細部內容，就要向出版社詢問平台使用、郵件發送、結算軟體等的相關問題。

　　合約書寫好後，作家會留一份自己保管，另一份則由出版社留存。可以用信件方式寄送，也可以約見面簽約。

　　一有什麼問題就問。雖然還不太習慣當「甲方」的感覺，但作者就是甲方。別畏縮，踏進專業的世界吧！前途、「錢」途、職業作家的夢，近在眼前了！

錢，何時會收到？

關於網路小說家收入的每件事

合約也簽了，作品也出版了。為了看作品排行、評價，每天在連載平台來來回回好幾次。讀者是否給了惡意負評？有沒有負面留言？請你先別管這些吧！對我們來說，最重要的是版稅！

何時會收到錢？會收到多少錢？結算日前一整顆心上上下下、心神不寧。網路小說家的收入都包含了些什麼呢？

> **1.** 版稅（＋事前版稅）。
> **2.** 正規連載稿費。
> **3.** 公開徵稿獎金。
> **4.** 二次著作權收益。

雖然包括不同種類的收入，其中佔最多的還是版稅，

讓我們一起看看關於版稅的所有事情吧！

📱 可以收到多少版稅？

> ● 銷售額－平台手續費＝銷售淨額
> ● 銷售淨額＝作家：出版社

　　連載平台的手續費比想像中的還高，雖然會隨著促銷活動和簽約條件而有所不同，但基本上是30％。

　　以KAKAO PAGE的「等待即免費」為例，若有拿到品牌（出版社）事前版稅（Brand MG）大概就是45％。品牌事前版稅的有無，是根據KAKAO PAGE和出版社之間的合約為準，作家沒有決定權。所以只要是跟有拿到品牌事前版稅的出版社簽約，等待即免費的手續費就是45％。

　　NAVER SERIES基本上是30％。MUNPIA的話，獨家發布跟非獨家發布的比例是不同的。包含結帳手續費的話，獨家發布是63：37；非獨家發布則是54：46。

　　如果讀者花一千韓元買你的小說，連載平台手續費就要抽成30％。若按照七：三的比例來計算七百韓元的銷售淨額，那就是作家賺四百九十韓元，出版社拿走二百一十韓元。若是十億韓元的銷售淨額，作家可以拿走的份就是四億九千韓元！當然，還得繳3.3％的個人所得稅。

至於上新聞的暢銷小說收益則都是幾十億、幾百億韓元的規模。

光看KAKAO PAGE百萬頁、MUNPIA累積收入目錄，「億」萬收入可不是假話。頂尖作家基本上每個月的收入，都是以億為單位來計算。雖然這種情況是在持續發表新作品才有可能，但光是這樣就足以知道網路小說市場有多令人心動！其他文類的小說家幾乎沒有人會每個月賺近億萬韓元的版稅。至少在韓國是這樣！

📱 何時會收到錢？

出版的隔月或是再下一個月的出版社結算日，作家會收到版稅。如果是1月15日發布作品，那麼結算日就是每個月27號。所以快的話，2月27日就會收到第一筆版稅。

> **閒聊一下**
>
> 以前快的話，我們都還要等到出版月的下下個月才能收到版稅，世界真是變得太美好了！

版稅會根據出版社結算系統的不同而有些許差異，所以要事先確定何時會收到第一筆錢！而且我建議在收到版稅後，還要再看一下結算單上的其他細節，包括該筆版稅是何時到何時的銷售額？在哪個平台上銷售了多少等等。

何時會賺得最多？

雖然每個月都有億萬版稅進帳是最好的，但網路小說的收益**大多集中在第一次發布的時候**。作品被刊登在橫幅廣告上，獲得相關促銷活動，且曝光率高的時候，收入會最高。

若靠一部作品賺了五千萬韓元，收益的60％到70％左右，大多會集中在前兩、三個月收到，之後就收到得很少。

不過，獨家發布期間結束，在平台上二次發布後，又會有一筆版稅進帳。之後就是一點一點地慢慢進來。換句話說，一部作品賣得好，並不代表作家能像公務員一樣每個月都持續收到版稅。當銷售額下降時，要新作品發行才能再收到版稅。必須反覆這麼做才能靠當職業作家維持生計。

很少作家單靠已出版作品就能賺進一般上班族月薪的版稅，就算出版了十部長篇小說也一樣。再加上，隨著網路小說市場變得越大，富者越富、貧者越貧的現象就越來越嚴重。

📱 平台手續費為何那麼貴？

　　平台手續費偶爾很不近人情，明明和腕管綜合症、烏龜頸、椎間盤突出等各種疾病奮戰的是小說家！

　　雖說平台做的是讀者的生意所以無可厚非，但心裡還是會覺得很不是滋味。賺的錢再扣除出版社拿走的部分，感覺寫網路小說是個虧本生意。我媽媽就曾經抱怨過平台手續費。

　　媽媽：平台是做了什麼偉大的事，需要抽成30％？

　　我：平台是百貨公司，我就是進駐百貨公司的中小品牌！百貨公司提供賣場、電，還宣傳廣告吸引客人上門。

　　媽媽：就算如此，30％還是太高了一點吧？

　　我：想進駐百貨公司的牌子過多才是問題所在，因為只要在客人上門消費的時段進行宣傳活動，銷售額就會暴增。

媽媽：那麼手續費再高，作家也只能摸摸鼻子接受了呢！

我：身為作家當然很心疼，也覺得平台收取手續費的行為很像大企業蠻橫的行徑。明明就是免費連載我的作品，好處全都給了平台！

　　發布前作家會先決定要免費連載幾章，要給幾張借閱券。在NAVER SERIES「每日十點即免費」獨家發布的《讓我們一起泡澡吧！公爵》，則是免費連載了十章，原本的二十個購買NAVER貨幣（cookie）則再多給兩個。[3]

　　每日十點即免費的期限會根據每部作品的章數而不一樣。若總共有一百五十六章，大概就會有一百五十六天進行每日十點即免費的促銷活動。《讓我們一起泡澡吧！公爵》是2020年3月11號發布，每日十點即免費則在同年8月8號結束。經過雙方彼此同意後，又拿到了「限時優惠」宣傳活動資格。進行每日十點即免費時，也有拿到其他促銷活動，所以排行又再次往上升。

　　此外，一旦進到KAKAO PAGE的等待即免費就不會被踢出來。「送禮物」宣傳活動要給多少張借閱券，則由KAKAO PAGE決定，就算作家想給很多也無法如他們所意。

　　即使拿到宣傳活動，如果作品的橫幅廣告位置不夠好，也很難吸引到讀者。但是如果是在網站第一頁，下載

3　譯註：NAVER的小說付費流程為：先結帳購買點數，用點數購買NAVER貨幣（NAVER cookie），再用貨幣借閱小說。

次數將會不斷地上升。

📱 如何推斷有多少收入？

這個真的很難說。NAVER SERIES雖然會顯示下載次數，但這包含了免費連載章數的下載次數。KAKAO PAGE還會顯示觀看讀者數量，但是看完第一章就不看的讀者數顯示1，看到結局的讀者數也是顯示1。所以平平都有二十萬讀者數，有些人賺了好幾千萬，有些人卻連幾百萬都賺不到，每位作家的原因都會不同。

讀者數越高，銷售額也會自然提高。在NAVER SERIES，下載次數達五十萬次的話，大約可以賺一千萬韓元。KAKAO PAGE上觀看讀者數達二十萬人次的話，大概可以賺二千萬韓元。不過，想用這種邏輯公式去推測自己可以賺多少是不太容易的。

可估算大致收入的大概只有付費連載章數的留言了。多數人看完作品後不會推薦、評分或留言，所以如果留言越多，就代表有越多讀者會想付錢看自己的小說。留言很多的作品中幾乎沒有出現失敗的例子。

不過，即便同樣都是二十萬閱讀人次，每個作品的銷售額會呈現非常不一樣的狀態。總之，在收到第一個月的版稅前，都不要過度失望。

如何製作封面？

從Ａ到Ｚ一次告訴你如何製作封面插圖

網路小說的封面一般分為兩種。

> **1. 插畫＋字體。**
> **2. 設計＋字體。**

平台的付費連載比較偏好插畫封面，而電子書大多是設計型字體。紙本書也較常使用字體封面。

果然需要較多預算的是插畫封面。封面若出自名插畫家之手，會有讀者不斷流入。因為封面才開始看小說的讀者還挺多的。若想在眾多作品中脫俗，一定要有高質感的封面。

當然很多作家都特別重視封面。也有些作家在簽約時會詢問出版社的封面預算。那麼，封面是如何製作的呢？讓我們一一來看製作過程吧！

> 選定插畫家→撰寫封面提案→確認草稿與反饋→確認已完成部分與反饋→確認插畫成品與反饋→字體→決定最終封面

選定插畫家

首先要選擇插畫家。那要怎麼選呢？

> 1. 出版社推薦。
> 2. 作家推薦。

出版社會推薦曾經簽約的插畫家，也會問作家：「是否有想合作的插畫家？」

閒聊一下

每位插畫師開的價格天差地別，越有名的插畫家行程會越滿，還有些插畫家兩年內的工作行程都已經排滿了。

很多時候會在一簽約後就預約委託插畫師。大部分

的插畫師都會有部落格和社群媒體，用來呈現個人的作品集。如果沒有的話，出版社會給你看樣品。確定好作品後，再選定想合作的插畫家，最後再告訴出版社就好。當出版社跟插畫家協調好時程後，就可以開始著手進行！

撰寫封面提案

如果作品出版迫在眉睫，就得馬上開始寫封面提案。若離出版還有一段時間，也最好在成品完成前一、兩個月前開始寫提案。有時則是作家自己寫封面提案。

> **閒聊一下**
>
> 每間出版社的封面提案樣式都不盡相同。

第一次寫提案的時候，意外發現自己要決定的東西很多，所以嚇了一大跳。要決定什麼呢？

1. **出現人物**：是主角的單獨封面，還是男主角＆女主角的情侶封面，家人或第二男主角是否出現等都要決定。男性向作品大多是以主角單獨出現的封面居多。
2. **描繪外型**：眼球、髮色、個性、散發出的

氣息等外型，最好盡可能地詳細描寫出來。

3. **服裝與配件**：最好將色調、設計、風格等等的細節都寫下來。若配件能夠凸顯人物的特色，就得詳細說明。

4. **姿勢**：坐著、站著、被抱著，或是背相互靠在一起等姿勢也都要決定好。決定全身都出現，還是只要到上半身等等的，也都很重要。女性向作品的封面，最好是男女主角把臉貼近在一起的畫面。

5. **背景**：辦公室、窗前、溫室、廢棄的建築物前、地下城、王宮等等，要選與作品相符合的封面背景。

　　身為作家，雖然你沒有親自動手畫插畫，卻是決定封面的過程中最重要的人，有空時可以把喜歡的封面剪貼搜集起來。

　　每個平台的讀者喜歡的封面都稍微不同。發布作品時，仔細去看讀者們喜歡哪種風格的封面！

　　也蒐集參考圖片吧！將人物角度、整體色調、配件、背景等各種參考資料交給插畫家就行了，也可以自己畫草稿後再寄給插畫家。作家的想像跟插畫家的成品很難完全一致，所以想縮小兩者的差異，就要把提案寫好。

📶 確認草稿與反饋

　　插畫家會寄草稿給你，可能在打草稿的階段收到，也可能在草稿上色時收到。這時可以確認整體構圖、色彩氛圍等。

　　若跟自己想要的風格有很大的差距，就要在這個階段提出來。這個階段也可以改變主角的外型、服裝設計等。如果有關於配件或背景的其他想法，也可以傳達給插畫家知道。

　　比起角色人物的外型，我自己比較重視構圖和姿勢。我會刻意把插畫縮小來看，因為大部分的讀者都只會看到大拇指指甲大小的封面而已。

　　主角是否太小？主角會不會被背景擋住？是否有更生動的姿勢等，要確認的地方真的很多。可以把封面拿給認識的人看，然後聽取別人的意見。這個階段是修改最容易的時候，所以老實地把自己的意見和想法提出來吧！

📶 確認已完成部分與反饋

　　在草稿階段大致掌握插畫的風格，就必須在完稿的樣本進行細部確認。人物的表情是否展現出其性格？服裝跟配件的設計還可以嗎？體型是否太豐滿或太纖細？若是情侶封面，手的位置、視線等都很重要。很多細節都是在這個階段決定的。

　　還要仔細看一下人物和背景的色調。背景裝飾會不會

太複雜？是否保有空間感？是否充分凸顯出角色人物？最了解角色人物的人是作家，所以讓插畫家盡可能將角色人物的魅力表現出來吧！

確認插畫成品與反饋

插畫完成後，就要確認插畫家是否有採納自己的意見，是否有往自己想要的方向去修改。可以修改幾次呢？每間出版社、插畫家接受的次數都不一樣。若出版計畫比較急迫或是插畫家個人行程的關係，也有可能無法進行修改。

字體

封面插畫完成後，下一個輪到的就是字體設計。不需要另外寫一份提案，字體設計完成後，出版社會給你看幾個不一樣的版本。

作家要做的就是去確認字型、顏色、構圖等，有時也會跟編輯商量後再做決定。出版時字體的位置可能會有微小的變動。

決定最終封面（附圖3-8）

把字體放進封面後就大功告成啦！
祈禱讀者會被作品的封面吸引，然後等待出版吧！

07

我的作品也能改編成電視劇嗎？

電視劇製作人看重的網路小說特性

時常可以看到網路小說或漫畫被改編為電視劇的新聞，實際上改編成電視劇的作品也都有達到好成績。

鄭景允作家的《金秘書為何那樣？》同名電視劇就在tvN上播放。以無線電視台電視劇來說，8.3％的收視率算是很高的了。尹梨修作家的《雲畫的月光》改編成KBS電視劇後，不但收視率高，也創造出很多話題，還讓演員朴寶劍晉升頂尖明星之列。

如果我的作品被改編成電視劇的話，還可以看到明星們出演我小說中的角色，不知道該有多好呢！

當然可以期待一下二次著作權的收入，不過，難道只有這樣嗎？電視劇原著還能以電子書、紙本書等的形式，賣到好的不像話，也無法忽視電視劇原著作家帶有的光環，講座邀請會接也接不完。那麼，什麼樣的作品才會被改編成電視劇呢？

電視劇製作人認為最重要的要素是「商業價值」。

「又是商業價值？怎麼從頭到尾都在講商業價值啊。」

我知道你可能會聽得很膩，但是，有什麼辦法呢？這就是個賣得好才能生存下去的世界呀！

　　網路小說改編成電視劇所需要的製作成本，多到其他作品根本無法相比。想賺回成本，商業價值是「基本中的基本」。

　　「難道沒有不受讀者歡迎，卻被改編成電視劇的作品嗎？」

　　實在不好意思，沒有人氣的網路小說連電視劇的邊也勾不上。作為網路小說本身的商業價值都沒辦法受到認可了，怎麼可能還有辦法被製作為影視作品呢？想讓作品被改編成電視劇，就要寫出走紅的作品。電視劇製作人們用鉅額買下版權的理由中，絕對少不了原著的話題性。暢銷網路小說被改編成電視劇的新聞一出來，讀者就會興奮到不行。

　　「聽說女主角是○○○呢？感覺超級適合！男主角會是誰呢？□□□或◇◇◇的氣質感覺跟男主角很像！」

　　從選角開始，讀者就會把演員拿去跟小說角色人物做比較，在製作階段開始就話題十足。

　　尹胎鎬（윤태호）作家的網路漫畫《未生（미생）》的版權就整整超過一億韓元，在只有幾百萬到幾千萬的版權市場上，這已經算是非常高的價格了。會有這樣的結果也是當然的，作家本身人氣就很旺，作品點擊率也高得不像話呀！

　　《未生》即將改編成電視劇的消息一出，隨即引發大眾的好奇心，好奇電視劇會如何展現原著故事。像《未生》

這種已經受過認證的作品，在改編成電視劇時，可以大幅減少宣傳費用，把省下來的錢拿去買版權還綽綽有餘呢！

只要有商業價值就可以嗎？不是的！其內容還需適合改編成影視作品。即使作品暢銷受到眾人歡迎，但奇幻、武俠等體裁的小說還是難以改編成電視劇，因為要把奇幻要素影像化需要花費巨大的製作費用。該如何具體展現野獸？次元移動和時間暫停等又該如何呈現呢？

即使投入天文數字的費用製作CG特效，還是很容易引來觀眾的謾罵。作品即使是由頂級電視劇作家執筆，若在最後其影視效果無法達到觀眾的期待，那就一點用也沒有，花費超越電影製作費用的金額也一樣沒用。換句話說，製作無法跟上觀眾已經習慣高級CG特效的標準。不過，最近由於電視台要和Netflix等各種平台競爭，所以也越來越多需要CG特效的作品被改編成電視劇。

閒聊一下

即使是奇幻體裁，只要不需要太多CG特效的現代背景，版權一樣也可以賣得很好。當然，賣了版權不等於一定會走到製作那一步。

浪漫小說，尤其是現代浪漫小說很容易被改編成電視劇，一起來看看電視劇製作人提過哪些適合改編成電視劇的網路小說吧！

📱 擁有獨特文字韻味的作品

電視劇製作人喜歡擁有作家特有文字韻味的作品，很多作品都陷入似曾相似的老套風格，故事也無法跳脫既有框架。

「剛才不是說商業價值最重要，怎麼現在又說作家特色很重要？」

有商業價值不代表失去個性，個性出眾也不會讓商業價值蒸發。電視劇製作人在找的作品就是那種，既熟悉又新穎，既眼熟又有創意的作品。

陳腔濫調中也有很多部分是可以展現作家個人色彩的，譬如句子、角色人物、事件、世界觀等，**不但個人色彩鮮明，還受到大眾歡迎**。如此一來，任誰都會搶著買版權。

《雲畫的月光》製作團隊很努力地要凸顯《成均館緋聞（성균관 스캔들）》、《擁抱太陽的月亮（해를 품은 달）》等電視劇的優點。雖然在某些部分有重疊，像是朝鮮時代背景、選角、生動又有滋味的台詞、新鮮的故事設定等，但各個作品都具有作家特有的魅力。這就是滿足電視劇製作人需求的作品。

📱 有許多可改寫之處的作品

買完東西後，當你開始回憶花掉的錢，這趟逛街就會以失敗告終，買版權也是一樣。投入多少資金，就要回收

多少利益才行。用一億韓元買的原著，若沒幾個能寫的故事，製作團隊只能嘆息著花掉的資金。

要將非劇本而是小說的內容，製作成電視劇並不是一件容易的工程，內心戲過多或是事件開展過慢都會是個問題。因為，用文字看的時候覺得有趣，換成影像後卻變得很尷尬。

網路小說是透過主角和故事主線構成的長篇故事，所以主角沒有出現的章數，小說點擊率就會下降，而且很多讀者討厭作者把男女主角的愛情戲，改成男女配角之間的曖昧戲。但是電視劇不一樣，它需要呈現更多角色人物，次主線故事也會變得更重要。

近年來流行以季為單位的電視劇，所以有越來越多製作公司從買版權開始就把注意力放在這種形式的作品上。**季播電視劇最重要的就是角色人物！**人物的個性跟魅力要夠吸引人才行。除了角色的目標也要明確之外，面對的困境要大到足以加以擴展才行。主角的張力要夠大才可以不斷製造出事件，這樣才有辦法讓作品成為季播電視劇。

📶 能夠呈現新穎視覺效果的作品

網路小說無法將虛幻世界具體呈現在現實世界，小說世界是靠讀者自己的想像力完成的。但是電視劇卻是直接用影像呈現小說世界，背景、情境、人物等全都要讓觀眾看得見、聽得見，所以並不容易。

以KBS週末電視劇來說吧！無法想像電視劇中財閥的

家裡長什麼樣子嗎？儘管很壯觀，但總是會看到設計俗氣的沙發、沙發後頭的螺旋形階梯、掛在牆壁上的全家福、從廚房裡走出來的管家阿姨……。這些都是在類似的攝影棚裡拍攝出來的場景。

因此，電視劇製作人都很要求呈現在影像中的畫面，他們希望是一些從沒出現過的、新穎的畫面。他們想找的是不需要用到CG特效，「拍成影像卻很新穎的」作品。

網路漫畫比網路小說更常被改編成電視劇的理由是什麼？網路小說的每個場面比較長，故事進展也比較慢。因為要一一敘述故事背景跟人物的內心戲，所以能挑出來改寫的故事不像小說的整體份量那麼多。

很多人都說網路小說的題材也不如網路漫畫那麼多元，意思就是，網路小說有太多類似的故事了。這對既要趕流行，還要展現個人色彩的網路小說家來說，是件令人難過的事。

明明都是寫假想世界，為什麼網路漫畫的題材會比較多元呢？因為網路漫畫是靠影像呈現內容。所以讀者不需逐字逐句看文章想像故事，依然能投入在假想世界中。文字描寫過長會讓讀者想跳過，但圖畫就不會有這種問題。正因如此，網路漫畫讀者所接受的題材比較多元。

也有些情況是，電視製作人費盡心力買下版權，卻只使用故事概念。改變故事情節、出現小說中沒有的人物，甚至即使最後結局不一樣，原著作家也沒有發言權。電視

劇劇本作家們並不會完全按照原著內容去拍攝電視劇，雖然買了版權，但他們關心的只是如何製作出好的電視劇、收視率高的電視劇！

閒聊一下

很多觀眾喜歡將原著魅力最大化的電視劇，但被肆意改編的電視劇變得一點意思也沒有，最後惹得觀眾各種謾罵，只能說電視劇製作人也是個挺辛苦的職業。

第四章

職業作家吃得好、過得好的生存秘訣

當職業作家這條路並不簡單，

不論是哪個領域，專業世界總是冷酷無情的。

我想提供不安又迷茫的你幾個建議。

01

當職業作家的好處 BEST 3

關於那些總是既刺激又新穎的幸福

　　職業作家！光是聽到這個詞，心臟就怦怦地跳著。竟然可以一邊做著自己喜歡、擅長的事，一邊養活自己！世上還有比這個更令人開心的事嗎？

　　我小時候的夢想是當職業作家，我想當的不是單純的作家，而是把看書、寫作、出書等當作職業的人，也就是除了寫作以外，不用再做其他事的人。

　　「想當職業作家？拜託你醒醒吧！別做夢了！」

　　有哪個以職業作家為目標的人，不曾從其他人口中聽到這句話？比任何人都還更愛自己的家人、朋友們皆異口同聲，勸告自己把寫作當成興趣就好，跟其他人一樣去找個像樣的工作，這些我都能理解。自古以來，藝術家就賺不了什麼錢，成功當上職業作家的人更是比瀕臨滅絕的動物還要更難找到。

　　但是，網路小說界則不同，**職業作家絕對不稀少**。就連沒有任何作品走紅的我，也在出道第二年的時候宣布成為職業作家，正在看這本書的你也可以做到的！那麼，當

職業作家的好處是什麼呢？讓我們撇開壞處，剖析一下當職業作家的甜頭吧！

📱 靠興趣賺錢的樂趣

靠興趣、特長、熱忱來賺錢，是一件令人興奮的事，沒經歷過的人是不會懂的。當別人將辛苦賺來的錢奉獻給日常興趣時，我是一邊享受自己喜歡做的事，一邊賺著錢。

這就好像夢想成為宇宙飛航員的小孩，長大後真的成為宇宙飛航員一樣，對自己的職業非常滿意。這正是所謂的自我實現，達到英國哲學家托馬斯・希爾・格林（Thomas Hill Green）[1] 主張的積極實現人生目的。有點太言過其實了嗎？我的感受就是這麼好，能怎麼辦呢？

不論是文章、勵志書籍，還是人文書籍，出書的作家很多。然而，靠版稅養活自己的作家卻非常少，這種情況在純文學界更嚴重。很多作家為了維持生計，都還要兼職其他工作。除了家喻戶曉的暢銷作家外，作家們不可能做到全職寫作這件事，這早已是業界公認的事實了。

1　編註：托馬斯・希爾・格林（Thomas Hill Green，1836—1882年），英國政治哲學家，著有《倫理學緒論（Prolegomena to Ethics）》。

不曉得他們是真心這麼認為還是刻意挖苦，有許多教文藝創作的教授們都建議學生：「想賺錢就去寫網路小說吧！」

開始寫網路小說以前，我也曾當過藝術大學入學考試講師、品牌形象管理講師、高爾夫球僮、旅行社職員等。儘管那個時候偶爾會賺得比現在還多，但我並不快樂。每一天都感到很痛苦，即使想辭職走人，現實卻不容許我這麼做，所以極度埋怨這樣的現實生活。

當然不是所有人都為了錢，強迫自己去上班工作，有些人特別適合職場生活，也常在工作上得到成就感。不過，應該有更多人並非為了幸福跟成就感，而是為了升職、領更多薪水才去上班。你是屬於哪一種人？

📶 不用因為上下班通勤、人際關係等備受折磨

我有將近七年的時間往返於一百到一百四十公里的距離間上下班，最少要花上兩個小時，如果遇到塞車，花四小時也不足為奇。不管是下暴風雨、弄斷了腿，還是跟男友分手，我依舊開這麼長時間的車去上班。若是車壞了，問題更大，因為搭大眾交通工具，往返要花五個小時以上。而且我不是正職員工，所以請假這件事連想都不敢想。

如今**這種生活終於結束了，成為了職業作家後**，我

只待在家裡寫作。我不會去咖啡廳，只會在有工作室、電腦、鍵盤等，讓我覺得最安樂的空間裡工作。

交通阻塞？地獄般的地鐵？我早就把這些忘得一乾二淨。光是去和朋友見面，搭到上下班時段的地鐵，就會讓我頭昏腦脹、喘不過氣來。不知不覺，我的身體已經習慣了在家工作的生活模式。

沒能力的上司、話多的同事，或吊兒郎噹的後輩，這些我都沒有。我也不需要費盡心思，試圖在某些人面前求表現，也不必被迫做不屬於自己份內的工作。評價我的人，就只有讀者而已。

當然也會有跟出版社負責人溝通不順利的時候，但這還算運氣不錯吧？因為我到現在還沒遇過哪個人，會讓我覺得「實在無法跟這種人一起共事！」

成為職業作家後，我只會去見我想見的人，那些在一起會感到愉快的人、給我靈感的人、讓我進步的人，以及替我加油跟安慰我的人。

我只會留下溫暖的關係，剩下的就慢慢地清理乾淨。我沒什麼理由要和不懂得尊重我的人保持聯絡，人脈管理對我來說沒有意義可言。我把跟那些人見面的時間分一點到寫作上，反而還更有用處。

當然，我有時也會羨慕別人可以每個月都收到固定薪水，休假跟分紅看起來也很厲害，四大保險[2]更是羨煞眾

2　譯註：韓國四大保險屬於社會保險的範疇，包含國民年金、健康保險、雇用保險、產災（產業災害）保險。

人。儘管如此，如果有人問我：「要不要上班工作？四大保險、休假、分紅，全都給你。」我還是會鄭重地謝絕這個提議，我喜歡職業作家的生活。

📶 二十四小時讓我隨心所欲！

我每天的行程如下：早上十點醒來後，在床上滑了差不多一個小時的手機才起床，起床漱洗後工作兩到三小時。

我會跳過早、午餐，一方面因為我懶得準備，另一方面也因為吃飽會想睡覺，如果真的很餓，我會吃優格或榨果汁來喝。

工作結束後再去睡個午覺，醒來後，會去看個書或上網一下，休息三個小時左右。太陽快下山時，就去準備一頓精心晚餐。吃完一天唯一的一頓飯後，我會出去散個步或做瑜伽。有時候會在家裡健身，或去學拉丁舞、巴西柔術、拳擊等。我最近迷上踢足球，感覺越踢越好了。運動完洗澡後，會再工作兩到三個小時。身體不舒服的話，連工作室附近也不想靠近。每週跟朋友見面一次以上，也會去約個會，偶爾去做做志工服務。

以上行程我已經持續了好一段時間，幾乎沒有亂掉過，因為這套系統最適合用來調整我的體力和生產力。按照以上行程，我一個月可以寫大概十五到二十萬字。

可以隨心所欲運用時間是一個非常棒的好處，尤其對我這種愛好旅行的人來說更是如此。如果沒有什麼突發狀況，我一定會選在平日去旅行。人潮稀少的海水浴場、寧

靜的美術館、比週末更便宜的飯店、沒有大排長龍的美食餐廳。有時候因為天氣實在太美好，便提早結束工作跑去旅行。

即使不去旅行，可以自由調配時間這點也很棒。如果身邊有要照顧的父母、孩子、寵物，更是一大加分點。這種自由，能夠讓我花多一點時間陪在需要自己的人身邊！

這正是我愛這份工作的理由。

閒聊一下

春天會去櫻花開得最旺盛的地方賞花，夏天則去溪谷、水上樂園、海邊等地方玩水。當然也少不了賞楓，秋天沒來趟水療旅遊就太可惜了。旺季？週末連假？休假季？這種時候我一步也不會踏出家門，因為不管什麼時候，我都可以隨時去到該季節最美的地方。

作家後悔選擇成為職業作家的內心故事

初學者所不知道的成為職業作家之致命缺點

「後悔成為職業作家？別人還因為當不成職業作家而心急如焚呢。是不是太不懂得感恩了啊！」

前面介紹了職業作家生活的好處，但現實並沒那麼輕鬆。再怎麼說，作家也是一個職業，好處有多令人垂涎，壞處就有多讓人覺得可怕，作為自由工作者的作家更是如此。

有些人成為了職業作家後卻感到後悔，也有不少作家想重回職場生活。他們為什麼感到後悔呢？是因為不適合自己的性格嗎？壓力太大？若想成為職業作家，就要一項一項了解這個職業的缺點，只要了解作家們後悔的原因，你就能避開這些後悔。

當太快成為職業作家時

第一部作品受到歡迎就立刻成為職業作家時，容易感到後悔。眼前這個作品賣座，並不能保證下一個作品也會

走紅。如果是前1%的頂尖暢銷作家，情況可能會不一樣，但是新手作家要越過的難關可是多得不在話下。

出道作品賺了幾千萬韓元，下個作品卻失敗得一塌糊塗？這時候想要重返職場並不容易，也沒有留給你的位子，所以希望你不要太過輕率地選擇成為職業作家。

「每個月有賺到這些版稅的話，生活大概不成問題吧？應該可以慢慢地轉型為職業作家。」

成為職業作家的時機點不是由你來決定，而是根據銀行帳戶裡有多少錢來決定的。隨著生活圈規模的不同，一個月的生活費可能需要花到三百萬韓元，也可能只需要八十萬韓元。當每個月進帳的版稅都有達到平均生活費額度的時候，或是就算一分錢也沒進帳，也能靠帳戶裡的錢撐好幾個月的時候，就不會後悔成為職業作家。

有些作家偶爾還會靠存下來的錢，花一到兩年的時間，全心全意地將心思投入在作品中。我也遇過想要休學、專心寫作的學生。這時我真的很想買一個便當，坐下來好好地勸阻他們，那真的不是個明智的決定。

「難道我真的沒有寫作的資質嗎？
不也有作家靠出道作品爆紅嗎？」

當然，你可能用不到一年，僅花數個月就回收亮眼的成果，但這是極少數的例子。而且，這需要同時具備脫穎而出的資質、超強運氣、過人的努力才有可能。

我也是花了十多年的時間，才成為職業作家。我聽過

無數次別人說我有寫作的資質，也跟別人一樣努力，但仍然花那麼久的時間才成為職業作家。十年，不對，花了比十年更長的時間，卻沒有任何成果的作家，數也數不清。比起成功的作家，湊合著勉強糊口過日子的作家更多，你一定要記住這點。

你很可能就是同時具備運氣和資質的稀有作家。不過，就算擁有再出眾的才能，要在特定時間內交出成果，全力投入工作，還是會感到不少焦慮。不僅會因為小小的失敗感到挫折，也會無法滿足於小小的成功。

閒聊一下

我不是要你把目標放低，而是要你別把目標設定得太高。「要成為賺進億萬版稅的作家！」很好！訂了那麼高的目標後，卻說要「在N年內達成」，不要用這種方式設定完成目標的期限。

不要為了全心全意投入寫作，就把現在的工作辭掉。文筆不像英文單字、數學公式，只要牢牢記住就可以拉高程度。說難聽一點，你覺得只要放棄工作、學業，就有辦法順利把文章寫出來嗎？**作品絕對不會只要花得時間越長，品質就越好**。發揮集中力的時間變長，就值得你慶幸了。

要忍受日漸見底的帳戶存款、害怕失敗的恐懼、來自四面八方的嘮叨等，還要一邊寫作是一件很困難的事。光

是寫作就已經很難了，還沒有人能保證作品一定會紅。因此在存到足夠的錢之前，還是把寫作當兼職工作就好。倘若對你來說，全職工作之餘再去寫作太辛苦，就去找其他打工兼職。如果你是學生，也要繼續去學校上課。

放棄所有其他事情，只專注在寫作上，其實是一種逃避心態。你真的喜歡寫作嗎？寫作的時候是你最幸福的時刻嗎？真是如此的話，那你不管在什麼時候都有辦法寫作，也會節省睡覺、吃飯的時間，把它用在寫作上。

閒聊一下

倘若因為生活的不安和壓力才選擇寫作的話，那倒也無妨，我歡迎這種形式的逃避。但若是為了逃避現實生活而投入寫作，那可不行！逃避者成功的案例少之又少。

我要再次強調，不是你來決定什麼時候成為職業作家，而是由銀行帳戶裡的存款來決定。

📱 當感受不到寫作樂趣時

前面已經炫耀好幾次，靠喜歡做的事養活自己有多好。不過我現在要告訴你，「興趣當飯吃」是把兩面刃，當太喜歡的事，變質為最糟糕的壓力時，可是會讓你喘不過氣。

「即使加班再累，寫作的時候眼睛依然炯炯有神。不過，最近坐在電腦前面卻變成一件最累的事，電腦上的空白畫面讓人害怕又有壓力，早知道就把寫作當興趣就好。」

這種人意外地很多。當寫作是興趣時，只要享受寫作的當下即可，想怎麼寫就怎麼寫。寫作是兼職工作時，也不會太過在意銷售情況，作品賣不好又怎樣？反正還有另一份工作。

然而，職業作家從作品成果開始，就很難享受到自由。只要一部作品失敗了，未來就變得黯淡茫然；連續搞砸兩部作品的話，精神便會崩潰不已。如果還有家人要養，問題就更大了。

放大話說要成為職業作家後，每個月進帳的版稅卻跟炸雞或咖啡的價格差不多？因為要賺錢，最後會變成寫讀者想看的東西，而不是自己想寫的東西。結果呢？就是一味地追求不適合自己的潮流。就算跟隨潮流去寫作，作品卻依然失敗的話呢？那麼你的壓力就會炸開，寫作樂趣也會消失殆盡。

閒聊一下

我非常喜歡驚悚、恐怖小說，所以有時候會突然想動筆寫驚悚小說，但我放棄了！因為我知道，在寫驚悚小說的那一刻起，我就會變得無法享受看驚悚小說的過程。

喜歡寫作跟靠寫作吃飯，是完全不一樣的兩件事。有些作家為了個人幸福，就算有充足的版稅進帳，也不願意轉型為職業作家。也有些作家奉勸大家不要轉型為職業作家，繼續把寫作當成兼職工作就好，因為這樣才能享受寫作的過程。當然，也有人在成為職業作家後，依舊享受著寫作的樂趣，若你也是這種人的話就太好了。

當身心無法負荷時

　　「散發淡淡香氣的一杯咖啡和甜美的音樂！坐在採光極佳的窗邊，靈感源源不絕地湧現出來。啊啊！這次作品一定會爆紅！」

　　不好意思啊，職業作家的寫作過程可一點也不優雅！為了寫出一定份量的稿子，每天都像在戰爭一樣。沒時間洗頭，所以頭髮變得油膩不已，肩頸彎曲僵硬、手腕酸痛，腰也疼得不舒服，體重則是飆升到人生最高紀錄。

　　要花很久時間才寫得出一章的作家，在電腦前苦撐的時間則會越長。自由的時間調配？平日旅遊？這都是截稿結束後才有辦法做的事。

閒聊一下

　　寫作的同時，身體也容易跟著壞掉。很多作家為了保持健康，都會安排自己去運動。當感覺身體快要撐不下去時，有些作家甚至會去找私人健身教練幫忙。

若沒有寫滿一天的目標份量，是沒辦法安心休息的。儘管休了息，也會覺得如坐針氈，生病則是如晴天霹靂般，讓人措手不及。有一次距離小說外傳的截稿日期剩沒多久，在一天也不能浪費的時刻，我卻感冒了，還得到腸胃炎，病了好幾天，連一個字也沒寫。

　　「作家，稿子還沒寫好嗎？明天以前要將稿件給我們才有辦法校稿哦！您知道吧？」諸如此類的訊息不停地跳出手機視窗中。

　　心裡無法放鬆，病就好得更慢。好不容易拖著身體起了床，二話不說馬上進到工作室裡，一整天足不出戶。那幾天，我連嘴都沒張過，更別說是出去外面了。一截稿後就接到媽媽打來的電話，當媽媽問我過得怎麼樣時，我忍不住地大哭了起來，而且因為太久沒說話，聲音都變得不像是自己的了。

　　我們不可忽視在家工作的缺點，雖然上班時間很自由，卻沒有固定的下班時間。工作日跟休息日也沒有明確的界線，而且要維持好的身體狀態並不簡單。一個禮拜很可能是星期一、星期二、星期三、星期四、星期五、五[3]……。

　　寫作是一件孤獨的事，作品的成敗由自己一個人承擔。在家工作雖好，卻也讓人感到不安。因為總是一個人待在家裡工作，與人溝通的能力也逐漸下降。不知不覺間，跟人見面、相處變成一件不容易的事，人際圈也逐漸變得越來越窄。

　　「我怎麼會變成這樣？我曾經是社區裡大家都認識的風雲人物啊！」

沒多少人會理解職業作家，他們都想著：「做著自己喜歡做的事賺錢有什麼好累的？」

　　為何讓精神崩潰的事情那麼多呢？心病總是會喚起身體上的疾病，同時兼顧精神和身體上的健康，是件比想像中更不容易的事。身體不適、內心煎熬都會讓你後悔成為職業作家。不想後悔的話，應該怎麼做呢？我會在下一節詳細說明！

3　編註：作者想傳達時間反覆停在週五，真正休息的週六無法到來的感覺。

03

職業作家自我管理的秘訣

為了生存所需要管理的三件事

對職業作家來說，自我管理是必要的。自己是最大的本錢和資產，只要作家的身心不健康，即使擁有最新型筆記型電腦，或是開著強力空調的工作室，一點用處也沒有。

時間管理也很重要。我們在別人眼裡看起來像是無業遊民，所以時間的調配特別重要。媽媽會叫你去週末農場拔雜草，朋友會三不五時地突然叫你出來見面。如果你跟他們說你要寫作沒有辦法，他們還會罵你為什麼不事先把稿子寫好。大家似乎都認為，作家是滿臉長膿包的老頭，任何時候只要輕碰一下，就會有很多故事跑出來。

想繼續職業作家生活，就要懂得管理幾件事。不想後悔成為職業作家，而在求職網進進出出，你就更應該這麼做！

📱 決定成功和失敗的時間管理

不管怎麼說，時間管理是最困難的。

職業作家雖然有截稿日，但沒有直屬上司，沒有人會去監督你，不需要因為遲到或缺勤看人臉色。就算凌晨還在看之前沒看完的電視劇，或一整天不務正業，也不會有人在旁邊嘮叨。

　　監視、監督自己的人只有自己，必須自己去當最不手下留情的監督官，自我檢查工作開始和結束的時間，一天寫了多少份量的稿子等。就算寫作只是兼職工作，也一樣需要時間管理。不懂得有效運用時間的話，小說的故事結局只會離你越來越遠。

　　懶惰也是個可怕的東西。

　　「我也想寫啊……但不知為何，我就是不想動筆。儘管沒在做任何事，還是會有強烈不想做任何事的慾望……」

　　反正我又不是寫作機器，應該可以慢條斯理地寫吧？這樣才有辦法寫出有創意的故事吧？一下是這樣，一下是那樣，一天到晚找藉口休息的話，你只會永遠都在休息。

　　大家都以為成為職業作家後，就會一整天投入在寫作中，然後寫出驚人的份量，但事實並非如此。該工作時卻不想工作，跑去逛街、看YouTube影片，或是無緣無故開始整理書桌。時間管理的好壞決定成功或失敗，把最能發揮集中力，還有狀態最好的時候，都用在寫作上吧！還沒寫到目標份量前，不要離開電腦桌前。

　　請你一定要記住，作家最大的敵人就是自己。

📱 開始和結束都在於健康管理

時間管理得再怎麼好，只要身體不舒服就沒辦法工作。作家的身體狀態跟工作產出成正比，為了保持身體的最佳狀態，我們必須動用所有的方法才行。

尤其是眼睛的健康，還有脖子、腰、手腕等椎間盤問題要特別留意。保持正確坐姿，每一個小時起來拉筋一次，這誰不知道啊？但一旦專心下來，很常會沒注意到時間已經過了好幾個小時，或是因為好不容易休息完了，要開始專心寫作，實在不想打破專注的氣氛。最後烏龜頸、腕隧道症候群、乾眼症等全都成了自己親近的家人。

仗著自己年輕而忽略健康，只會把身體搞壞的，所以不管是瑜伽、游泳還是健身，一定要去運動。我建議把運動放進每天的行程裡，每天不間斷地持續做。我自己也曾因為烏龜頸、腕隧道症候群的關係，不舒服好一陣子，還接受過脊椎矯正手術。但就算我每天都有運動跟做瑜伽，身體最後還是弄壞了。

從醫院回家的路上，我開始逛起健康用品。人體工學滑鼠、螢幕底座、手腕保護帶、腰椎保護椅子、腳踏板、姿勢矯正帶等等，現在也是在這些東西的保護下繼續寫作。當然，我也有在吃保健食品，然後配戴濾藍光眼鏡。

令人震驚的是，就算我已經全副武裝了，身體還是會生病！去看了有名的中醫，仍然無法徹底管理好健康，推拿治療的效用也維持不了幾個月。唯有日常生活的運動和姿勢矯正才是真正的活路。

非常重要的精神管理

精神攻擊比身體攻擊要來得常見。那些把折磨人當作樂趣的人，總是容易將作家作為攻擊對象。

無法好好管理精神狀態的話，便會難以維持作家生活。作家何時會精神崩潰，讓我們來看一下典型的案例吧。

1. 惡意差評

不看評價就給一分的人、每章都給一分的人、把所有作品都打一分的人。收到這種人的惡意差評後，會一直去反省自己過去經歷的人生，懷疑「我是否曾經犯下滔天大罪呢？」

無法去任何地方申訴，也很難一笑置之。對某些人來說，這種行為或許只是惡意的玩笑，但對作家而言，卻是攸關生活的重要問題。

2. 惡意留言

惡意留言比惡意差評還更可怕，因為有些讀者會先看留言，再決定要不要看作品。

「不可能讓所有人都喜歡我的小說啊，惡意留言也得接受。」

就算你假裝泰然自若也沒有用，即使有一百個好的留言，你也只會記下其中一則糟糕透頂的惡意留言。發展性、文筆、錯字等相關批評，並不是惡意留言。惡意留言的目的，只是為了要羞辱、捉弄作家和其作品而已！

雖然很多作家都深受惡意留言之苦，卻很難對此展開對策。要是去跟那些惡意留言者爭吵，最後受傷的只會是作家自己。大多時候會接受這就是自己的命運，但若嚴重到無法忍受，作家還是要去檢舉這些留言。

3. 無關注

不論是惡意差評還是惡意留言，都是作品受到關注才會發生的事。如果發布新作品，讀者卻沒有任何反應？這時你有收到惡意差評或留言就要偷笑了。無關注是侵蝕作者精神的毒瘤。

對新手作家也是如此。不但點擊率沒有升高，喜歡作品訂閱數還不停下降？別人都收到了出版邀請，自己的信箱收件匣卻毫無動靜？不僅公開徵稿大賽落選，收到的投稿拒絕信中也沒有任何作品反饋？這讓人想起一句流行很久的網路格言，那就是：「惡意留言比沒有留言來得好。」

4. 文檔流出

無端複製網路小說並散布的行為稱作「散布文字檔」。

「這都什麼年代了，還有人去做這種事嗎？」

你覺得不可能嗎？意外地還是很多人這麼做。即使防止散布文字檔的技術越來越發達，散布文字檔的人卻越來越囂張，甚至光明正大地宣傳非法下載網站。

辛苦寫了幾個月的作品竟然出現在非法網站上！光想就覺得毛骨悚然，能做的就是——去把這些網站找出來，然後進行申訴。

作家們不是只會申訴而已，有些作家為了防止有心人士散布文字檔，甚至自己去開發軟體。也有很多人訴諸法律程序，告文字檔散布者。

5. 抄襲紛爭

抄襲紛爭沒有結束的一天，還要來回進行好幾回是與不是的攻防戰。有些情況是真的在最後被揭發為抄襲，然後演變成法律訴訟。不論是被抄襲的那方，還是被懷疑是抄襲的那方，都會覺得荒謬不已。

我也有因為抄襲紛爭而大崩潰過，情況跟在地獄差不多。某個人指出我作品裡的背景題材，跟他停止連載的作品類似，他的指責不但是公開的，還極具攻擊性。

儘管那個人沒有直接點出我的姓名跟作品，但分明是針對我說的話。我把書櫃裡的文件收納盒拿出來，一一將年代久遠的郵件翻了出來，找出當時的合約書、與出版社之間來回傳送的劇情概要，為的就是要用時間證明我不可能抄襲，那個人最後也接受了，但這就結束了嗎？

要證明自己沒有做過的事，是一個慘淡又孤獨的過程，這個過程本身不但消耗精神還很羞辱人。幸虧證據都還留著，所以我的情況還算是好的了。

儘管解開了誤會，但我被浪費的時間和亂七八糟的精神狀態，該由誰來補償？如果連個正式的道歉都沒得到？如果被貼上捲入抄襲紛爭的作家標籤呢？沒有人會為紛爭之後的事情負責。

在網路小說界裡，題材重疊是個再平常不過的事了。

可以說，幾乎沒有哪個點子是只有自己才想得到，所以不要被隨便的證據牽著鼻子走！

我並不是叫你遭到抄襲後還要忍氣吞聲，如果明顯就是抄襲，那就要去蒐集合理的證據，明確將問題提出來，這樣才不會有後患。

無緣無故被指名抄襲時也是一樣，我建議透過出版社採取法律程序，我自己以後也打算這麼做。

治癒精神崩潰的方法

從地獄中拯救我的四句話

　　前面已經敘述過管理精神狀態的重要性，也討論作家會在什麼樣的情況下精神崩潰。

　　「惡意留言什麼的，有什麼關係啊？不要去理會它就好了！」應該會有像這樣對惡意留言嗤之以鼻的人吧？「我這麼玻璃心，怎麼辦呀？還能當職業作家嗎？」也有摳著手指焦慮到不行的人。

　　我也是如此，一開始自信滿滿，一副能夠克服所有困難的樣子，之後精神狀態卻變得岌岌可危，像呼氣就會被吹倒似的。老實說，作家憂鬱的日子比活力四射的日子還來得更多。譬如說，沒通過審查時；新作品成績不理想時；生活費不夠用時；遭到陌生人人身攻擊時；奉獻才能卻遭人詬病時；人際關係變得不順時。

　　「盡最大努力去做了，為什麼結果還是這樣呢？難道是我有什麼問題嗎？」

　　憂鬱會招致更深層的憂鬱，這時你會迫切需要戀人、家人、朋友的幫助。然而，要越過憂鬱這座山的人，最終

只有你自己一個人。

我想跟你分享，我在當作家這段時間內，領悟出可以治癒精神狀態的方法，如果能幫助到你就太好了。

📶 對作品的評價不等於對自己的評價

作品和作家是無法分開來的，作者的性格會原封不動地展現在作品上。但是作品不等於作家，要懂得將作品和自己分割開來，才能維護好精神狀態。

假設你收到了以下留言：「這種貨色也配叫小說？真是浪費錢！」儘管這只是個人的主觀意見，你還是會感到十分煎熬，如同自己在面試時被罵得狗血淋頭。這是因為作家把自己和留著血汗才寫出來的作品混為一談。

公開徵稿大賽落選或投稿失敗時，也會有一樣的感受，會把編輯的反饋曲解成如下：

> 角色魅力不夠鮮明 → 作家本人很無趣
> 故事進展過慢 → 不懂得編故事
> 易讀性不高 → 連基本功都像一盤散沙

免費連載成績慘淡時也是如此，明明只是作品不成功，卻會產生無數個想法，感覺不是作品，而是自己被整個世界給否定。

「我這種人還能寫出什麼好東西，別再浪費時間了，趕快放棄吧！」

既羞恥又委屈，我能理解這種心情，每個作家都是這樣的。然而這不過就是一瞬間的情感，沒有人有資格批評你，你的價值只有你才能決定，不是隨手留下惡意留言，就拍拍屁股走人的匿名人士可以說嘴的。

作家透過作品接受讀者評價，是無法避免的宿命，但是你不能賦予評價作品的讀者和出版社過多的權限。越是受他們的一句話動搖，他們就會變得越強大，而你只會變得越弱小。

別忘了！他們不認識作家本人，也不知道你未來會寫些什麼樣的作品。別讓他們掌握刀柄，如此你才能守護自己。

📶 沒有一部作品會受所有人的喜愛

有些人喜歡內容偏黑暗[4]的小說，有些人則會被甜蜜的浪漫喜劇所吸引。有些讀者偏愛霸氣主角，有些卻只挑暗黑英雄的小說來看，這種取向差異是任何人都無法改變的事情。「句子寫得順暢又細緻，讀起來很好讀」以及「無聊又沉悶，趕快下架作品」等兩種截然不同的評價，可能會同時存在。

---

4 編註：괴폐물為腐爛物、廢棄物，近中國的用語「喪文化」，一種風格黑暗、墮落，進入人類心理的黑暗地帶。

投稿時亦是如此，某個編輯覺得故事進展太快，讓人無法理解；另一個編輯卻認為故事鬆散，速度過慢。

寫出來的作品就算再怎麼厲害，也沒辦法受到所有人的喜愛。**「我要寫所有人都會喜歡看的作品！」這句話很快就會變成：「我要寫任何人都不會喜歡的作品」**。

讓我們來看一下暢銷作品的留言。雖然有很多留言都認為小說很有趣，也有不少留言不解為何該部作品會受歡迎。看的人不同，其意見也會完全不一樣。這就跟有人選A，就會有人選B是一樣的道理吧？

就算了解這個道理，作家的精神狀況還是像田野中的蘆葦一樣，容易受風的吹動而搖擺。越是覺得辛苦，就越要催眠自己，告訴自己不會有讓所有人都喜歡的作品，只是每個人有不同喜好而已，之後再寫更多符合他人喜好的作品就好。不對！要告訴自己，總有一天你寫的作品會捕捉到大眾的取向。

📱 過高的目標只會讓自己疲乏

不要一開始就設定太高的目標！也不要拿自己跟別人比較，這些只會讓自己陷入地獄的深淵，對改善情況沒有任何幫助。

「因為是第一次，所以抱持著挑戰的心態開始，沒有過於在意點擊率、喜歡作品訂閱數等，但這也太過分了吧？上傳了二十章，卻連一個人也沒有來看。我也能成為作家嗎？」

是否每十分鐘就刷新畫面好幾次？推薦數上升一個就開心得要飛上天，喜歡作品訂閱數下降一個就心碎不已？我知道沒有得到讀者的迴響，是件多麼令人失望的事，但被困在那裡起不來，最後受損的只會是你自己。新手作家的第一部作品就創下超高點擊率、橫掃各大公開徵稿賽，反而會讓人覺得不可思議吧？

其實，首部作品很容易成為作家的黑歷史，那是因為不熟悉吸引讀者的方法，包括故事開展的方式、如何達到故事高潮及完美收尾等才會這樣，這是很正常的。還沒完成任何一部作品，點擊率上不來，所以覺得快要瘋了？這種狀態本身就是過於著急的表現，會著急是很正常的，不是只有你才會這樣。所以，先深呼吸一下吧！

成績不理想，連寫作的熱情也消失才是更大的問題。這才是第一個跨欄而已，連這個階段都過不去，要如何成為頂尖的職業作家呢？就算已經是現職作家也一樣，讓人沮喪的事情總是比開心的事要來得多。不管在哪個領域，前往成功的道路都不平坦。

目的地很遠，不需要用跑的。把鞋帶綁好，準備充足的糧食，觀察周遭環境慢慢地往前走吧。這樣才會比較不會那麼煎熬，有時候還會感到幸福。

走在你前面的人可能會最先放棄，而最慢回到終點的你，很可能會走到最高處。所以別太過著急，別在正式開跑前就把自己給累壞了。如此一來，你才能抵達高處，實現目標。

📱 世界上存在著惡劣的壞人

　　世界上有太多無所事事的人，也有很多怪異的人。犯了罪卻處之泰然的人、攻擊別人卻假裝自己是受害者的人、嫉妒別人的人、固執地永遠認為自己是正確的人，這樣的人寫也寫不完。

　　一開始會很難理解，為什麼要找碴？為何要傷害別人？我做錯什麼了嗎？

　　世上存在非常多惡劣、討厭的人。他們的行為超乎一般理性和常識所能理解的範圍，正常人是無法理解人格扭曲的人，所以不要和那些人有所牽扯才是最上策。然而作家是公眾人物，容易成為別人攻擊的對象，這些人是為了擊敗你才接近你的，不需要因為他們去折磨自己，他們最想達成的目標就是折磨你。

　　那不是你的問題，而是他們的問題，所以你也解決不了。當然你會覺得很委屈，明明沒做錯事卻單方面被對方攻擊，這種事就算經歷好幾次也很難適應。

　　我比其他作家更有一點知名度，只要稍微搜尋一下，就會出現各種不一樣的報導。不少人會看我的外表就隨便對我下定論，我也聽過許多難以啟齒的難聽話。每當如此，我都會感到憤怒、冤枉，然後覺得後悔，後悔自己不如把時間花在寫作上，何必做無謂的事，讓自己生氣呢？

　　儘管很煎熬，最後都還是讓這些事過去。因為將時間用在愛我的人、疼惜我的人身上都不夠了，也因為不想將情感浪費在不尊重我、對我來說不重要的人身上。如果有

個精神異常者拿著刀走近你，你是會被刀刺傷，然後昏倒呢？還是會瞧也不瞧地往自己原本該走的路前進呢？

　　希望你只走在安全又溫暖的道路上，如果這很難實現的話，希望你內心一定要擁有保護自己力量。

05

注定失敗的作家所具有的特質
失敗是給畏懼者的當頭棒喝

失敗的作家有哪些特徵？

懶惰？運氣不好？沒有資質？雖然有各種可能，但我認為是因為他們有偏見的關係。想成為暢銷職業作家，就要先去除腦袋裡根深蒂固的偏見。儘管以下這句話很常見，但因為總是迴盪在我心中，所以想把它告訴你。

> 鳥要掙脫出殼。
> 蛋就是世界。
> 人要誕生於世上，就得摧毀這個世界。
> —《德米安：彷徨少年時》
> 赫曼・赫塞（Hermann Hesse）[5]

準備好打破你的世界了嗎？準備好的話，就先從偏見的黑暗面開始揭發吧！

📱 網路小說很幼稚？

你是否曾經覺得網路小說很幼稚？真的沒有這麼想過嗎？

我曾經這麼想過，這是一直以來只看純文學作品的人會有的偏見。我當時連一章網路小說都沒看過，就覺得網路小說寫得太肉麻，堅稱自己死也不會去寫那種東西。等我成為網路小說家後才徹底明白，自己有多麼無知傲慢！

網路小說乍看之下的確很幼稚，不僅主觀、句子簡短，台詞還很多。然而這種寫法是刻意的，是為了讓讀者更好讀。

網路小說家也寫得出華麗的句子，寫得出具有哲學性和意義深奧的故事。他們不是不懂怎麼寫作，而是有策略地不去寫那樣的句子和故事。因為易於閱讀且簡單易懂，偶爾有點幼稚的文字，才會讓人覺得好讀。

雖然很少，但還是有憑藉細緻的文字表現力和句子來吸引讀者的網路小說。大部分的網路小說讀者不會一邊看著網路小說，一邊陷入沉思或思考人生。讀者要的是趣味性！還有情感的宣洩！以及能夠讓他們忘記苦澀人生的汽水！網路小說家則是販售趣味性的人，所以商業價值當然比文學性來得重要。

每年銷售情況最差的出版市場上，最後只剩網路小說

5　譯註：翻譯引自赫曼・赫塞著，趙麗慧譯，《德米安：徬徨少年時》（台北：方舟文化，2020）。赫曼・赫塞（1877－1962）德國詩人、小說家、畫家，著名作品有《德米安：徬徨少年時》、《荒野之狼》等。

會賺大錢的原因正是如此，因為網路小說是個完全繞著讀者轉的市場。不了解這些還覺得網路小說幼稚？哈哈！身為新春文藝出道作家，我不得不說句公道話。

真的有很多網路小說家可以媲美現職純文學作家，寫作實力好到讓人眼睛為之一亮，當然會因為看的基準不同而有些許的差異。你有看過二十部暢銷網路小說嗎？看過了還是認為網路小說很幼稚嗎？試著寫寫看幼稚的東西，你馬上就會知道這件事有多難。

當然，並不是所有暢銷作品都算名作。雖然已經強調好幾次，我還是要重申，不論是好或壞，每部作品都有值得學習的地方。先從分析人氣作品的優缺點，把它變成自己的東西開始努力吧！

📱 讀者跟編輯的水準不夠高？

「讀者水準太低了！習慣看那種幼稚的網路小說，所以他們不懂我的作品有多優秀。出版社則唯利是圖，作品內容連看也不看一眼。」難道真的會有這麼想的作家嗎？非常遺憾，你時常遇得到這種人。

要這麼批評讀者跟編輯的話，你還是別寫網路小說了。想靠作品內容一決勝負，就應該去寫純文學作品，而非體裁小說。靠純文學作品也依舊無法發光發熱？那也只會忙著在審查委員、編輯、讀者背後說長道短，批評審查委員是坐擁權力的老一輩人，說他們沒有看作品的眼光，只會擺出不可一世的架子啦。就像一個農夫只會把收成不

好怪罪到天氣、農具上，然後把一年的農作收成揮霍光。

假設網路小說是小吃店賣的三千韓元辣炒年糕，你以為客人們是因為水準不夠才去吃辣炒年糕的嗎？儘管他們也會去吃鱘魚魚卵、龍蝦、最頂級的韓牛，但因為甜甜辣辣的辣炒年糕實在太好吃了！他們才會去小吃店。

並不是只有年輕學生才會去看網路小說。在網路小說出現以前，就有非常多三十幾到五十幾歲的讀者，熱衷於閱讀連載小說。如果連有哪些讀者在看網路小說都不知道，就在背後說三道四的人，實在令人懷疑是否真的想成為作家。

不管是哪種作家，大家都是以文字接受外界的評價，大眾的評價相當尖銳，大家都想衝高作品點擊率啊！也都想賺錢呀！但就是因為事與願違，才把罪怪到讀者頭上，不是嗎？惟有這樣才能保護自己的自尊。不論在哪個領域，成功都需要資質、努力以及運氣；同時也需要學習的姿態、客觀自我審查的態度、想要進步的企圖心等。

對於拿讀者或編輯的水準來當藉口的心理狀態，抽絲撥繭後，就能發現其中充斥著「我才是對的，你們都錯了」的傲慢心態，完全不承認自己有任何不足之處。「你竟敢來評斷我的作品？我也來評斷一下你的水準」的反駁心態也就更加嚴重。

成功的作者絕對不會輕視讀者。記住！只有失敗的作家，才會把讀者當做失敗的辯解。

📶 沒跟上潮流所以不受歡迎？

「如果寫些陳腔濫調、最近流行的內容，作品肯定會走紅，是我太有創意了，受不了這些。那些老套的東西，我寫不下去，所以我的作品才沒有受到歡迎！」

真的有可能是這樣，但不是這樣的可能性更大。

作品的成功與否，並非完全取決作家是否寫陳腔濫調、流行的題材。作品中，一下子就把讀者吸引過來的魅力，讀起來順暢的作品易讀性，活靈活現的角色人物，令人玩味的故事情節等，不會因為哪一項特別突出就成功，或者漏掉哪個部分就失敗。

閒聊一下

想成電影的話會更好理解，電影票房會只受劇情左右嗎？即使演員、演技、拍攝手法、聲音效果、燈光等構成電影的所有要素都很完美，電影還是有可能會不受觀眾歡迎。

不去看看是否有其他問題，一味地認為是因為沒有跟隨潮流，作品才不受歡迎？哎唷～丟人啊！真是丟臉！

潮流很重要，但是寫了流行題材卻失敗的作品比比皆是，也有走小眾路線卻贏得成功的作品。仔細掌握讀者的喜好，卻不讓作品流於陳腐無味，展現出作家獨有的色

彩，是非常困難的。這是現職作家也時常煩惱的問題。

把罪怪到題材身上以前，先用客觀的角度審視自己的作品。實在無法保持客觀的話，就請他人閱讀自己的作品後給予意見吧！這也行不通的話，就去觀察讀者的反應。如果真的不想寫流行題材，那就注入所有的努力，往成功的小眾路線走。

📶 因為是完美主義者，所以花了很久的時間？

有些作家會一而再再而三地修改，為了修改劇情概要，連本文內容都無法開始。花了幾個月的時間緊抓著劇情概要和前幾章不放，最後一直原地踏步。就算開始寫本文內容，也是一樣進展緩慢。一個句子寫了又改，一段文句寫了又重讀。以這種方式，一百到三百章的長篇小說要什麼時候才寫得完？

「我是完美主義者，沒有辦法把不完整的作品攤在眾人面前。我自己要先對作品滿意才行，作者自己都不滿意了，怎麼可能還會受到讀者喜愛？」

不論是哪個作品，作家都不可能捨棄作品完整度。大部分的作家都是完美主義者，也非常認真修改作品。難道因為是完美主義者，所以連免費連載也進行不了，投稿也投不成？只希望你能老實回答我的問題。

你真的是完美主義者嗎？還是只是害怕作品被人評價？去思考一下是否擔心自己努力寫成的作品不受歡迎，是否害怕作品的不足之處被發現，所以才不斷反覆修改。

世界上沒有一出生就是完美的作家，一開始就寫得很完美的小說根本就是幻想。

網路小說的連載期間很長。想成為職業作家，就必須大量、快速、有規律地產出有水準的文章，但為了修改劇情概要，卻連一章都沒寫？或是，只寫了二十章，所以一直延後參加公開徵稿大賽和投稿？那什麼時候才會把作品寫完，然後發布作品呢？作品沒完成，就永遠只會是作家練習生[6]。

即使如此，還是要讓自己滿意才行吧？這樣我要先問你一個問題，**你覺得反覆修改後，就會寫出讓自己滿意到不行的作品嗎？**

第二個問題，**該作品會受讀者歡迎嗎？**

才剛開始踢足球的選手是無法像梅西（Lionel Messi）那樣踢球的，候補選手就應該在二軍累積比賽經驗。不去比賽，只想靠練習就取得梅西的完美控球力、優美傳球技術以及兇猛的射門能力？這樣你永遠不可能成為主力球員，你會連選手生涯的第一步都沒邁出，就消失在這個世上。

是完美？還是強迫症？難道不是逃避嗎？

「明明寫完就結束了，對我來說卻好難，因為我是完美主義者。」

不要躲在「完美主義者」這句話後面，這種行為極有可能是一種懶惰。比起一個作品都沒寫完的完美主義者，看似粗糙卻完成大量作品的作家會更快成功，錢也賺更多。

📶 培養失敗的韌性

帶有偏見的作家練習生都有一個共同點，就是害怕失敗，為了不想失敗而去找一堆不同的理由。

「網路小說太幼稚、讀者水準太低、我是不寫流行題材的完美主義者……」總歸一句就是，千錯萬錯都不是自己的錯。

我懂你不想失敗的心情，但請不要幫失敗找藉口，一點用處也沒有。

我嘗遍了失敗的滋味，落選、挫折、被罵等，失敗到讓人痛徹心扉。儘管如此，我還是習慣不了失敗的感覺，每次失敗都依然又痛又難過，但是我在失敗的過程中一點一滴地成長。儘管不容易，我還是不想放棄寫作，為此我必須鍛鍊出堅持就能戰勝失敗的韌性。

有些作家運氣好，第一部作品就爆紅，也有作家在寫作道路上一帆風順。不過我不會羨慕他們的，但老實說……是有點羨慕啦。

不論大或小，所有人總有一天都會遇到難關，也有摔跤跌倒的時候。一輩子只嚐甜頭的人，在面臨失敗時站不起來，這是因為承受失敗的韌性不夠所造成的。

承認失敗也是一種勇氣的表現，失敗後重新挑戰則是另一種實力，兩者兼具的人才會成為頂尖作家。

6　編註：原文작가지원생，直譯為作家志願生，惟志願生不似中文表現，考量「練習生」一詞已廣泛使用，及整句話的文法結構，以練習生取代志願生。

失敗也沒關係，能怎麼樣呢？還是要拍拍弄髒的衣服再站起來。找了藉口也不會有人理解，那接受失敗吧！把失敗當作審視自己，自我進步的機會吧！如此一來，失敗才會變成你的資產。

資質重要，還是努力重要？

天才型 vs 努力型，揭露其中之秘

「我就算努力也贏不過天生有資質的人吧？」

有這種想法的人意外地很多，他們會這樣想不是沒有道理。

天生沒有資質就要放棄嗎？如果是的話，你可以直接跳過這章。

你願意撇除資質問題，在成為暢銷作家之前都持續挑戰嗎？那麼，我想來說說有關可以左右你成功與否的「資質」和「努力」。

無庸置疑，藝術也是一種技術

網路小說被認為是藝術的一環，實際上我們很難說寫網路小說不是一門藝術（雖然我覺得更像是一種勞動）。總之，想在某個領域中成為佼佼者，就需要資質和才能。

「哪需要什麼資質？只要努力，任何人都能成功！」這種想法才是真正的不切實際，可能是不懂才脫口而出的

話，也可能是成功人士特有的傲慢。

網路小說家需要什麼樣的資質呢？打造有創意的世界，寫出端正優美的文句，編織富有真實感的情節等能力。然而這真的是一種資質嗎？就我看來，這是技術，一種反覆不斷練習就能練成的技術。

假設你的夢想是成為世上最強的汽車維修技師好了。首先，你必須對車子有很大的興趣才行，也要懂得安全使用維修器具，要把無數的汽車品牌背熟，熟悉引擎、變速裝置、汽車軸距等知識。但僅僅如此嗎？修理數百、上千台汽車時所累積的實戰經驗才是最重要的。

沒有天才型的記憶力，或一次就能看出問題所在的能力，也一樣可以成為一流的維修師！為什麼？因為比起資質，成為維修師更需要的是技術。

藝術跟技術不同，所以是個資質比努力更重要的領域。然而在很多時候，藝術也可以是以大量努力作為基礎的技術領域。

資質是鑽石原石，沒有經過雕琢就只是個比較貴的石頭，這種石頭出乎意料地多。雖然理所當然的事，但還是有很多人即使用盡全力努力，仍會因為沒有資質而感到挫折，令人感到十分遺憾。

　　以韓國最令人驕傲的金妍兒選手為例，飛快的速度、高昂的跳躍、長久的滯空時間、具創意的表現力都讓她更像冰上女王。一個世代可能才出現一個金妍兒，你覺得她是具有資質的人？還是個無人能及的練習狂？我認為「兩者」皆是，但說不定風靡這個世代的滑冰女王，她的努力比資質的功勞還要大。

你真的是天才嗎？

　　有些人天生就具備好的資質，有些人不僅獲得神的祝福，還被賜予很好的運氣。這些人比其他人走得更快、更高，但你羨慕他們也無濟於事，有誰不想出生在有錢人家呀？比起我們能夠選擇的，世上有更多的事物是我們無法決定的。

　　我敢說，網路小說不是個光靠資質，就能平步青雲的世界。不只是網路小說，很多專業領域都是如此。沒有任何努力單靠資質就成功？那種人要不是0.001％的天才，就是渴望扮演天才，愛刷存在感的人。

　　當然有天才的存在啊，他們獲得上天滿滿的祝福，不過那不是我，不是你的機率也很高。但我們不需要感到失望，因為你尊敬、推崇的大部分作家都不屬於這種人。

　　「你真是了不起的天才！好羨慕你天生的資質！」

　　每當有人這麼說，那些「看似天才的作家」都會感到

十分不悅，因為這句話聽起來，像是忽視他們爬到現在這個位子前，所經歷的辛苦和努力。

「還是得要有一丁點的資質才能成為作家吧？我聽說不是有很多人因為資質不夠而受盡挫折嗎？」

當然需要資質，但是你忽略了很大部分，不管多或少，「想成為作家」的想法本身就代表一定的資質了。

「這是哪門子的『鬼話』」？我沒有胡說八道，也沒有在說客套話。首先，沒有作家資質的人是不會去看書的，叫某些人寫文章就好像要他的命一樣。有些人就算會去看書，也只會滿足於他人的創作。但你是這樣的人嗎？你不是想寫屬於自己的故事嗎？那麼這也算是一種資質，一種暢銷作家一定要具備的資質。

「我想成為作家，但時常不想動筆，我是不是沒希望了？」

告訴你一件不怎麼讓人感到意外的事，其實職業作家也討厭寫作。「寫得太好了！寫作的時候最幸福了」當然也有些作家會這麼認為，不過嚷嚷著：「該如何寫完今天的份量，好想趕快寫完出去玩」的作家更多。

寫作是件辛苦的事！不僅腰痠背痛，手腕還會麻掉！而且，比寫作更好玩的事實在太多了。

寫作是種鍛鍊出來的技術吧？運用這個技術養活自己，並不是高尚的藝術活動，是維持生計，這是一種勞動。不可能在成為作家後，所有的工作時間都是開心快樂的。

有時候會覺得工作很開心，譬如本來應該要花兩個小

時寫的份量，在一個半小時內就寫完的時候；靈機一動想到什麼重大反轉時；隨意寫下的題材變成故事引爆點時；有生命力的角色彼此互動時；作品引起讀者的熱烈反應的時候等。

一點也不驚訝，收到版稅的時候最開心了。去除以上這些時刻，大部分的時候都會覺得寫作索然無味，至少我自己是這樣。但還是得寫呀！因為我是作家，而且我還要繳稅，買五花肉吃呢！

📱 沒有資質的作家有兩條路

我認識的作家中，有人不斷寫出人氣作品，但那位作家總是習慣說：「我沒有什麼資質……」他雖說自己沒有資質，卻賺進大把大把的鈔票。

「前後矛盾嘛！是謙虛還是裝模作樣？」

我一開始也是用懷疑的眼光看待這件事，後來才知道，那位作家把近期人氣作品全都看了一遍。他不只是單純看這些作品，還去了解潮流如何改變？哪些詞彙常被使用？段落之間的銜接度如何等。他也會去看作品的惡意留言，像在寫錯題本似地去分析這些留言。

「沒有資質才更要去做這些事，不去分析，彌補缺點的話，是要怎麼繼續當作家？」

不覺得他很厲害嗎？自認沒有資質的作家有以下兩條路。

> **1. 用其他方式彌補資質不夠的部分。**
> **2. 沒希望，直接放棄！**

沒有資質不是應該早點放棄嗎？嗯⋯⋯如果用盡了全力還是達不到一般水準，導致沒有堅持下去的力氣，那還是放棄比較好。寫作會讓你感到不幸的話，當然要放棄呀！寫作又不是人生的全部，都讓自己感到不幸了，何必強求呢？放棄也需要勇氣，人生很短，隨時都可以改變目標。走你覺得舒服的道路，這是比辛苦更明智的選擇。

我妹妹畢業於師範學校，她拿公費獎學金，成績十分優異。妹妹非常認真準備公務員考試，認真到沒人敢說她不夠努力。不過，最後落榜就放棄考試了，家人都勸她再準備一年，她卻搖頭拒絕。

「我沒有自信能更認真，我盡我最大努力卻還是落榜，所以我不要再嘗試了！」

那天的妹妹看起來特別帥氣。妹妹之後從來都沒有為自己的選擇感到後悔，因為她用盡全力不讓自己後悔。

📱 別看不起努力型人格

「努力也是一種資質啊！努力也是要有努力資質的人，才有辦法做到的事！」

對於這麼想的人，我實在無話可說。老實說，這種人就是不想努力，只想獲得好的結果嘛！得不到好的結果，

才會用資質當藉口逃避事實。不願投資只想坐吃山空，根本就是強盜行為。

有一陣子很流行「努嗚嗚嗚力」[7]這個用語，「努力蟲」[8]也被廣泛使用。

「行不通也要讓它行得通！你成功不了是因為你不努力！」

聽到這句話的瞬間，整個疲憊感都湧上來，我還是不相信努力是萬能的說法，因為我親自經歷過多次運氣比努力更重要的時刻。在新春文藝出道後，我出現了這種想法「哇！這真的是運氣呢！實力到了某種程度後，靠得就是運氣了呀！」

不論是每次在最終審落選時或是剛出道時，我的文筆都維持一樣，一直以來不屬於我的運氣，終於在2020年找上門來了。搞不好，運氣比資質、努力都還更重要，儘管有些人不這麼認為。

肯定會有努力也行不通的時候，有時候需要點運氣才能解決事情，但運氣卻不會在任何時候都找上門。其實，運氣沒來由地找上門也是個問題，沒實力卻有運氣？那就只能是發光發熱之後，一下子就消失殆盡的燭火。

每當聽到「努力蟲」這種詞彙，或是消遣別人意志

7　編註：原文是「努嗚嗚嗚力（ㄴㅗㅇㅇㅇㅇ력）」拉長中間的發音，強調語氣。

8　編註：原文是「努力蟲（ㄴㅗ력충）」，是非常努力的人，類似只愛書成癮的人，稱其「書蟲」般。

力的話，我都會覺得很苦澀，因為這就像在嘲笑努力的人。不要去貶低想成功而努力的人，不要自己沒有努力的韌性，就恣意批評他人的成就。運氣不會走向嘲笑他人的人，而是找上努力的人。

🖵 艱辛不是正解

我認為的成功要件是「**資質＋運氣＋努力**」。也就是說，在三者同時達成前你只能堅持下去。

但是，**一味地堅持並不代表一定會成功**，原地不動是一種後退。世界上有資質才能的人非常多，也有人既有資質又很好運，我們要不停地往前走才不會落後。

不是要你永無止盡地努力，這不是件好事，過度投入只會讓人快速疲乏。比起拼命努力，我建議努力還是要以適當、不間斷為原則。

不散種子卻期待樹上長滿一串串果實？一點用也沒有。世界充滿競爭，就算翻土翻到手起水泡，也很難開花結果。何時下甘霖？颱風何時會來？都不是由我們決定的。辛苦得要死要活，最後有可能換來的是失敗。

即使知道事情如此，依舊不停耕土的你，最終會獲得甘霖，拾獲眾人貪涎的果實。別忘記了！你也有資質，只是沒有受到好的訓練，或過於自我貶低而已！

07

給想要一次就成功的你！

所有關於那個不會後悔的選擇

　　我也曾是如此，想要一次就成功。「天才作家」、「年紀輕輕就成功」等，就像是為我量身定做的字詞似的。為什麼呢？因為我有自信能成功。客觀來說，我的確還算一切順利。

　　我三歲的時候就自己學會韓文字，上小學前就懂得編故事，那是屬於我自己的遊戲。我比任何人都看過更多的書，每次寫個文章就會得獎。還曾經連書都沒看，寫的讀後感卻獲了獎，該篇讀後感後來被選為學校代表作品，在全市、全道比賽中得了獎。

　　我不當作家的話，誰來當作家呢？還以為自己會在新春文藝中一炮成名，成為席捲韓國文壇的明日之星。然而，現實是很殘酷的，一起寫作的同行們都已經出道了，只剩我還一個人匍匐不前。

　　誰不知道急不得？誰不曉得不可能一次就成功？但是，著急本是人性。

📱 終究是選擇的問題

想要一次就成功的理由是什麼？正是因為「選擇」的關係。選擇了這條路，我們就只能放棄另一條路。走的過程會一帆風順嗎？思考要做哪個選擇讓你整夜睡不著，還讓你跟家人、朋友吵架吧？

似乎一次的選擇就決定人生的成功與失敗，所以才會想趕快看到成果，而且還要證明自己做的選擇是正確的。拼命向反對自己的人說：「看吧！我想做就做得到！」

僅止如此嗎？除此之外，還為了不讓自己後悔放棄了另一條路，也就是不後悔沒有選擇 B 道路。因為不想讓自己後悔，就只能在已選擇的 A 道路上盡快展現成果。

想一次就成功的心態跟單純地「想快點成功！但不願付出努力，因為我是天才！」的強盜邏輯是不一樣的。這種心態只是想讓自己的選擇獲得肯定而已，讓自己少一分不安感。我比任何人都還懂那種期待成功，失敗後的挫折以及自信潰堤的痛苦等心情。

📱 大人們不曾教過我們的自信的兩面性

大家都讚揚自信心，然而，自信不只有好的一面。自信是一種對自我的期待，期待越高，失敗時失望就會越大。大人們很少跟我們提到這些事，他們大多熱衷於提高小孩子的自信心。聽說稱讚還讓鯨魚跳起舞來了？大人從不吝嗇給予稱讚。[9]

越是在這種背景下成長的孩子越害怕失敗，不只擔心周圍的人不再相信自己，也害怕對自己的信任會潰堤而感到戰戰兢兢。害怕「厲害又聰明的孩子」的評語會破滅，所以傾向逃避，不去挑戰困難的課題，也就沒有對抗失敗的免疫力。

　　我這麼說絕對不是在說，自信低落是好的！沒有自信的話，很容易陷入「反正我做什麼都不會成功，失敗指日可見」的潰敗感，總是畏畏縮縮，即使有自己想要的東西，也不懂得爭取。負面的思考方式，對生存戰一點幫助也沒有。

　　我也不是說自信高昂不好，只是長遠來看，可能會出現反作用力。如果只是隨便做一做，那情況可能還不一定，如果很努力去做卻沒有任何成果，那麼自信心便會瞬間崩潰。早點放棄，趁還來得及的時候選擇 B 道路，似乎比較好吧？煩惱的夜晚又再次變得漫長。

📱 選擇的現實和幻想

　　我們總是站在選擇的岔路上。一旦選擇了，就要負起責任，對自己放棄的 B 道路感到惋惜，也是責任的其中之一。我來說說我媽媽的故事吧！

　　一直以來，我媽媽都勸我去考教師考試。在大學時沒

9　譯註：源自出版於韓國的書《稱讚讓鯨魚跳起舞來（칭찬은 고래도 춤추게 한다）》，該書引發韓國大眾重視稱讚對孩童教育的重要性。

有修完師資培育課程時，我媽還一直覺得我是個怪異的孩子。當我在學校裡開始當鐘點教師時，她說會讓我去唸教育研究所，叫我去準備教師考試。似乎是有出息的女兒被別人當作短工雇用，讓她心裡感到不舒服。

如果我聽從媽媽的勸告去準備教師考試的話，事情會變成怎麼樣呢？應該會比我十年以來連炸雞價的版稅都賺不到的窘境，以及一天到晚窩在家寫作的情形還要來的好吧？鐵飯碗的終身職場、從事專業工作的女性、相親銀行的新娘最佳人選、育兒休假也很自由、休假時還可以去國外旅遊……看似好得不得了吧？但是這其中有選擇陷阱。

那就是，自己沒選擇的那條路看起來更美好，以及如果選擇了那條路，所有事情都會迎刃而解的錯覺！A道路的現實是個泥淖，而沒去過的B道路就像充斥著美好的路途，本來幻想就都是如此。

現實非常地真實，我徹底理解到現實有多令人疲憊，多污穢混亂。「如果我這麼做的話……」的想像世界總是既華麗又美麗。

現實的痛苦越大，就會越後悔過去的選擇。暫時冷靜一下吧！你沒選擇的那一方就一定是好的嗎？難道那裡比這裡還更糟的可能性一點也沒有嗎？

假設我聽從媽媽的勸告準備了教師考試，誰能保證我一定會通過這個困難的考試？通過這個連我妹妹那種努力之神都落榜的考試？

我可能會為了讀書、準備考試而浪費青春。也可能好

不容易成為老師，卻因為跟自己個性不合而辭職。還有可能因為火爆的個性，跟學生或學生家長起衝突，然後後悔自己沒有選擇作家之路。就跟現在的模式一樣。

看吧！我有可能非常幸運地避開了地獄，做出了最好的選擇。

📱 做出不會後悔的選擇的方法

不想後悔的話，就先要相信自己的選擇是對的，而且不要去懷疑它。

即使沒有一次就成功，「有什麼關係啊？也可能不成功呀，總有一天會成功的。我怎麼可能一輩子待在老鼠洞裡呢？」要更努力才不會後悔。我們就像小說中的主角一樣，無法回到過去，不可能改變選擇，重新開始新的人生，所以不要留戀不曾走過的道路，浪費時間。

> 你做出了正確的決定。
> 最了解你自己的你，
> 既然是思索許久後做出的決定，
> 那就再正確也不過了不是嗎？

你要相信自己的選擇。

你自己都不相信了，還有誰會相信呢？

任何人都無法代替自己選擇人生。不對！是不能將選擇權讓給別人，別人幫忙打造的花路，比自己雙手選擇的泥巴路還不如。

想要馬上得到成果並不容易，但是大部分成功的人都不會一次就達陣。他們之所以會成功，是因為他們在任何時候都相信自己，不放棄自己做的選擇。

第一杯酒解決不了飢餓感，再喝一杯就行。一杯、兩杯，如此一杯杯地喝，肚子總會有飽的時候。

加油！你，一定可以的！

附圖

1-1
《世子嬪的大膽秘密》插圖

1-2
《Evangeline 結束後》插圖

1-3
《讓我們一起泡澡吧！公爵》插圖

1-4《絕症皇后做的壞事》

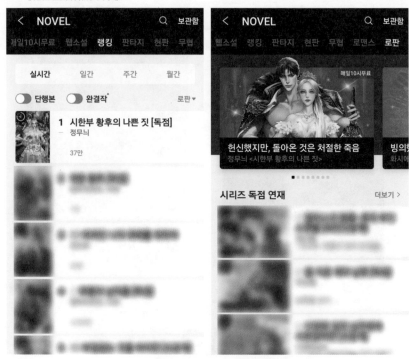

2-1 RIDIBOOKS的「關鍵字查詢」

圖文說明

BL小說			BL漫畫		
體裁	關係	人物（攻）	人物（受）	題材	狀態/其他
現代	青梅竹馬	美男子	美男子	次元移動／靈魂交換	MARK-DOWN[1]
過去	朋友>戀人	多情男	多情男	年上愛情	等待即免費
科幻／未來	同居/配偶	愛哭男	純真男	大學生	單本小說
東方	初戀	大型犬男	開朗男	時空穿越	連載中
西方	再相遇	純真男	積極男	前生/投胎	連載完結

1　編註：一種撰寫文檔的語言標記格式。

문서 정보　　　　　　　　　　　　　　　　　　　　□ ? ×

일반 | 문서 요약 | 문서 통계 | 글꼴 정보 | 그림 정보　　　確認(D)

취소

내용 작성 날짜　2021년 3월 7일 일요일 오후 11:23:01
마지막 저장한 날짜　2021년 3월 7일 일요일 오후 11:24:35
마지막 저장한 사람　Bread

통계

통계 이름	문서 전체	현재 선택 영역
글자(공백 포함)	5,241 자	
글자(공백 제외)	4,178 자	
글자에 포함된 한자 수	0 자	
낱말	1,243 개	
줄	257 줄	
문단	248 개	
쪽	7 쪽	
원고지(200자 기준)	39.5 장	
표, 그림, 글상자	0 개	

文件資訊　　　　　　　　　　　　　　　　　　　　　確定(D)

一般　　|　文件簡介 | 文件統計 | 字體資訊 | 圖片資訊　　　取消

內容製作日期　　2021年3月7日 星期一 下午11:23:01
最後儲存日期　　2021年3月7日 星期一 下午11:24:35
最後儲存者　　　Bread

統計

統計名稱	文件全部	選擇範圍
字數（包含空格）	5,241 字	
字數（不包含空格）	4,178 字	
包含在字數內的漢字字數	0 字	
單字	1,243 個	
段落	257 段	
頁數	7 頁	
紙張數（每張200字為基準）	39.5 張	
表格、圖片、文字方塊	0 個	

3-1 NAVER 網路小說

- 女性向★★★★★
- 現代浪漫★★★★★
- 浪漫奇幻★★★★

3-2 KAKAO PAGE

- 女性向★★★★★
- 男性向★★★★★
- 浪漫奇幻★★★★★
- 奇幻★★★★★

3-3 MUNPIA

- 男性向★★★★★
- 奇幻、武俠、混合、運動★★★★★

3-4 RIDIBOOKS

- 女性向★★★★★
- 浪漫★★★★★
- BL★★★★★
- 18禁★★★★★

3-5 JOARA

- 女性向★★★★★
- 男性向★★★
- 浪漫奇幻★★★★★
- 18禁★★★★★
- 奇幻、混合★★★

3-6 BOOKPAL

- 女性向★★★★★
- 現代浪漫★★★★★
- 18禁★★★★★

3-7 ROMANTIQUE

- 女性向★★★★★
- 現代浪漫★★★★★
- 18禁★★★★

3-8 鄭穆尼，《絕症皇后做的壞事》，浪漫羅曼史小說

內容力 03

我的職業是網路小說家：韓國人氣作家的致富寫作教室

作者：鄭穆尼
譯者：林珮緒
特約編輯：陳怡妡
總編輯：陳思宇
主編：杜昀耕
編輯：林宜君
行銷：林冠廷
出版發行：凌宇有限公司
地址：103 台北市大同區民生西路 300 號 8 樓
電話：02-2556-6226
Mail：info@linksideas.com

美術設計：兒日
排版：立全電腦印前排版有限公司
印刷：沐春行銷創意有限公司

總經銷：前衛出版社＆草根出版有限公司
地址：10468 台北市中山區農安街 153 號 4 樓之 3
電話：02-2586-5708
傳真：02-2586-3758
http://www.avanguard.com.tw

門市：謎團製造所
地址：103 台北市大同區民生西路 300 號 8 樓
營業時間：每日 13:00-21:00（週日、一店休）
電話：02-2558-8826

出版日期：2022 年 11 月初版
定價：新臺幣 420 元

國家圖書館出版品預行編目(CIP)資料

我的職業是網路小說家：韓國人氣作家的致富
寫作教室/鄭穆尼作；林珮緒譯. -- 初版. -- 臺
北市：凌宇有限公司, 2022.11
　面；　公分
ISBN 978-626-96808-0-1(平裝)

1.CST: 小說 2.CST: 寫作法 3.CST: 成功法

812.7　　　　　　　　　　　111018038